KAMPENWAND
VERLAG

ISBN: 978-3947738373


Raiffeisenstr. 4 · D-83377 Vachendorf
www.kampenwand-verlag.de

Versand & Vertrieb durch Nova MD GmbH
www.novamd.de · bestellung@novamd.de · +49 (0) 861 166 17 27

Text: Malu Mertins
Bildnachweis: ©Zolotareva Yuliya/shutterstock,
©Jurjen Veerman/shutterstock
Satz: Buch-Werkstatt GmbH, Bad Aibling
Druck: CUSTOM PRINTING
Wał Miedzeszynski 217, 04-987 Warszawa, Polen

MALU
MERTINS

# Watt-
# verführt

Band 3 der
humorvollen
Liebesroman-
reihe

SYLT-ROMAN

*#ammeeristallesbesser*

# Kapitel 1

Bei Schwangeren soll das Geräusch von plätscherndem Wasser angeblich den Drang auslösen, die nächstgelegene Toilette aufzusuchen. Den Beweis dafür, dass dies nicht nur bei Schwangeren der Fall ist, trete ich seit mittlerweile siebenunddreißig Minuten selbst an. So lange stehe ich hier im nordfriesischen Nirgendwo im Stau. Als hätte Petrus – oder ein anderer Wetterverantwortlicher – das Verkehrsgeschehen auf dieser Bundesstraße beobachtet, spendierte er direkt zum Staubeginn ein kräftiges Gewitter. Was das pünktliche Erreichen des Autozugs in Niebüll auf der Machbarkeitsskala in Richtung ›eher unwahrscheinlich‹ verschoben hat.

Zum Glück habe ich meine volle Blase, um mich von der Angst abzulenken, den letzten Zug des Tages zu verpassen, der mich nach Sylt bringen soll. Wobei ich inzwischen auch Ablenkung von meiner Ablenkung vertragen könnte. Wenn einem bewusst ist, dass es weit und breit keine Möglichkeit gibt, eine Toilette zu benutzen, potenziert sich der Druck auf die Blase leider recht beharrlich – nachweislich nicht nur bei Schwangeren. Denn obwohl in meinem Leben gerade eine Menge unklar ist, weiß ich eines ganz gewiss: Schwanger bin ich nicht. Völlig ausgeschlossen. Seit mehreren Jahren verhüte ich nämlich mit einer absolut sicheren Taktik. Meine Methode gibt es nicht auf Rezept und es wird dabei auch nicht täglich Temperatur gemessen. Zur zuverlässigen Verhinderung einer Schwangerschaft habe ich mich lediglich komplett dem Familiengeschäft verschrieben. Dies hat recht schnell dafür gesorgt, dass ich abends nicht in die wartenden Arme eines Liebhabers, sondern einfach nur völlig erschöpft in mein eigenes Bett falle.

Damit ist jetzt Schluss. Zumindest mit dem Teil, der das Familiengeschäft betrifft. Die wartenden Arme eines potenziellen Liebhabers werden wohl noch eine ganze Weile ohne mich auskommen müssen.

Während der Regen unermüdlich auf mein Autodach prasselt und mir die inzwischen beschlagene Scheibe den Blick in den dunklen Gewitterhimmel versperrt, versuche ich mich daran zu erinnern, wann ich zuletzt in einer Situation gewesen wäre, die eine Schwangerschaft hätte herbeiführen können. Das war vor dem Unfall. Vor jenem Tag, der mich vom anderen Ende der Welt zurück in den Rheingau holte – und mich damit von einigen der schönsten Wochen meines Lebens in die schwierigsten katapultierte.

Gerade noch hatte ich an meinen freien Tagen feinsten Sandstrand unter den Füßen und täglich die Karibische See vor Augen. Einen langen Reisetag später verursachten meine Schuhsohlen ein unangenehmes Quietschen auf dem Linoleumboden des Krankenhauses und meine Augen füllten sich beim Anblick meines Vaters auf der Intensivstation mit Tränen.

Vier Jahre ist das jetzt her. Ungläubig schüttle ich den Kopf. Vier Jahre! Manchmal fühlt es sich an, als sei der Unfall erst vor ein paar Monaten geschehen, so präsent sind seine Auswirkungen für mich. Ein anderes Mal kommt es mir so vor, als hätte mein eigenes Leben für eine halbe Ewigkeit auf dem Wartegleis gestanden.

Zwar befand sich dieses Gleis in einem idyllischen Weinort direkt am Rhein, doch meine Zeit dort war so vollgepackt mit Arbeit, dass kaum Gelegenheit blieb, meinen Heimatort, dem ich Jahre zuvor den Rücken gekehrt hatte, so wahrzunehmen wie die Touristen, die mit leuchtenden Augen durch die Weinberge stapften oder über die Promenade am Fluss schlenderten.

Während ich an lauen Sommerabenden verliebte Paare zu Weinproben auf unserem Gut begrüßte, träumte ich mich heimlich zurück zu den romantischsten Augenblicken meines eigenen Lebens. Jeden einzelnen davon hatte ich mit einem Mann verbracht, der mit der karibischen Sonne um die Wette strahlte. In dessen Gegenwart es gar nicht möglich war, schlecht gelaunt zu sein. Der mich mit seinem grenzenlosen Optimismus und seiner Beharrlichkeit, das Leben leichtzunehmen, ansteckte. Ein Mann, mit dem ich mir hätte so viel mehr vorstellen können, als in dieser kurzen Zeit, in der wir uns kannten, möglich war. Dabei sprachen wir nie über Zukunftspläne. Genossen einfach nur die gemeinsamen Momente. Dann änderte sich von einem Tag auf den anderen mein komplettes Leben. Plötzlich hatten wir nicht mehr die Chance, herauszufinden, ob die Verknalltheit des ersten Monats zu einer Liebe hätte werden können, die den Alltag überdauert. Obwohl es nur fünf gemeinsame Wochen waren, hat dieser Mann eine Spur in meinem Leben hinterlassen wie kein anderer. Die Erinnerungen an diese außergewöhnliche Zeit in der Karibik und an der amerikanischen Ostküste halten meine Gedanken seit Jahren in einer Art ›Was-wäre-wenn-Schleife‹ gefangen.

Ein lautes Hupen lässt mich zusammenschrecken und bringt das Erinnerungskarussell in meinem Kopf abrupt zum Stillstand. Vielleicht ein Zeichen dafür, dass ich endlich damit aufhören muss, in der Vergangenheit zu leben.

Jetzt blendet der Fahrer hinter mir auch noch auf. Ich stelle die Lüftung an und betätige den Scheibenwischer. Tatsächlich: Die Autokolonne hat sich etwa fünf Meter nach vorn bewegt. Es hupt nochmals. »Ich fahr ja schon«, zische ich und starte den Motor. »Ist ja nicht so, dass sich der Stau aufgelöst hat. Ob du hier wartest oder ein paar Meter weiter, ist Jacke wie Hose.«

Vielleicht ist es auch nicht egal und mein Hintermann hat völlig recht mit seiner Huperei – bringen mich diese wenigen Meter doch ein kleines Stück näher an mein Ziel. Und das sollte ich nach vier Jahren dringender wollen als alles andere.

Endlich geht es um meine eigenen Business-Pläne. Weshalb ich die nächsten zwei Tage auf keinen Fall vermasseln darf. Die Veranstaltung ist zwar nicht groß, was die Anzahl der Gäste angeht, dafür aber exklusiv besetzt und eine wahre Goldgrube für weitere Aufträge. Wenn ich es richtig anstelle, bringt mir dieses eine Projekt ein Netzwerk an Kunden, von dem ich sonst nur träumen könnte. Dafür setze ich mich gerne mehrfach für mehr als zehn Stunden Fahrt ins Auto. Aktuell bin ich *nur* auf dem Weg zum finalen Probeessen – ein Teil der Vorbereitung für die Society-Hochzeit des Spätsommers, wie die Mutter der Braut die Hochzeitsfeierlichkeiten betitelt. Die standesamtliche Trauung mit anschließendem Empfang im kleinsten Kreis sowie eine freie Trauung mit Aperitif und Menüfolge in etwas größerer Gesellschaft finden erst in einer Woche statt.

Es wird eine Doppel-*von*-Ehe. Also eine Heirat, bei der beide Ehepartner ein *Von* im Nachnamen tragen. Entsprechend hochkarätig besetzt ist die Gästeliste. Dieser Auftrag könnte meiner Ein-Frau-Firma den nötigen Anschub geben, als Weinberaterin deutschlandweit für ähnliche Events und innovative Gastronomie-Konzepte tätig zu werden. Dafür ist ein absolut professionelles Auftreten wichtig. Die Mutter der Braut ist ein ziemlicher Snob und hat mich allein deshalb schon auf dem Kieker, weil das Brautpaar nicht sie, sondern mich mit der Champagner- und Weinauswahl betraut hat.

Die beiden habe ich vor etwa zwei Jahren kennengelernt, als von Hochzeit noch gar nicht die Rede war. Sie nahmen an ›Ein Sommerabend im Wingert‹ teil – eine Führung mit anschließender Weinprobe, die ich in den letzten Jahren regelmäßig auf dem Weingut meiner Familie im Rheingau angeboten habe. Unser Spätburgunder Rosé wurde schnell zu ihrem neuen Lieblingswein und so kamen Lena und Nico seither aufs Gut, um sich Nachschub zu sichern und um neue Riesling-Winzersekte zu testen. Damals hatte ich damit begonnen, unsere Sekte nach Champagner-Methode in traditioneller Flaschengärung herzustellen, und war froh um jeden kundigen Gaumen, der sie verkostete und danach im Freundes- und Bekanntenkreis davon schwärmte. Lena und Nico waren Fans der ersten Stunde. Und allein ihre Frankfurter Freunde haben vermutlich die Hälfte meiner Bestände aufgekauft. Inzwischen sind wir gute Bekannte, und als sie erfuhren, dass ich mich selbstständig mache, haben sie darauf bestanden, dass ich ihnen bei der Weinauswahl für ihre Hochzeit unter die Arme greife.

Die Warterei ist ein wunderbares Training für meine Beckenbodenmuskulatur, versuche ich mir die Situation schönzureden. Erneut rutsche ich auf meinem Sitz herum, bis ich eine etwas bequemere Position gefunden habe. Seufzend atme ich aus und lasse meine Hände, die bis eben das Lenkrad umklammert hielten, auf meine Oberschenkel sinken. Ich bewege meinen Oberkörper nach vorn und versuche, so gut es geht, meinen Rücken durchzudrücken. Langsam lasse ich meine Schultern kreisen und dehne meinen Nacken. Um nicht über meine volle Blase nachzudenken, konzentriere ich mich auf die Autos vor mir. Vielleicht schaffe ich es ja mit schierer Willenskraft, sie vorwärtszubewegen?

Zehn Minuten später haben sich die Rücklichter, die ich durch die regennasse Scheibe nur als verschwommene rote Flecken wahrnehme, nicht von der Stelle gerührt.

Das laute Klingeln meines Handys kündigt einen Anruf an und ich bin dankbar für die Ablenkung, auch wenn es sich vermutlich um weitere interessante Instruktionen für die kommenden Tage handelt. Allein über die heutige Autofahrt hinweg hat die Mutter meiner Auftraggeberin schon ganze vier Mal bei mir angerufen. Beim ersten Telefonat mit ihr vor einigen Wochen brauchte es nur zwei Minuten, um zu verstehen, wofür sich ihre Tochter im Vorfeld bei mir entschuldigen wollte. Frau von Hagen senior ist anstrengend, häufig herablassend und bisweilen bissig.

Ich bin sehr gespannt, welche Ideen ihr jetzt noch eingefallen sind. Das Display verrät mir, dass es bereits 20 Uhr ist. Und es verrät mir noch etwas: Es ist nicht die Brautmutter, die versucht mich zu erreichen. Ihre Kontaktdaten habe ich unter *BMdG*, kurz für *Brautmutter des Grauens*, abgespeichert. Zum Glück sind es andere Buchstaben, die momentan angezeigt werden.

»Hey, Flori«, grüße ich meinen Bruder über die Freisprechanlage. Ein lang gezogenes Stöhnen füllt den Innenraum meines Wagens. »Flori?«, frage ich erneut, ernte aber nur ein weiteres Stöhnen.

Mein Bruder führt sich auf wie einer dieser schmierigen Typen, die anonym irgendwelche Telefonnummern wählen und minutenlang in den Hörer stöhnen, sobald sich eine Frauenstimme meldet. Manchmal gipfelt das unerwünschte Stöhnkonzert in der Frage, ob frau ihm ihre gebrauchte Unterwäsche verkaufen würde. Ich meine: Bei wem zum Teufel funktioniert diese Masche? Ruft auch nur eine einzige Frau ganz entzückt: »Klar! Mit ’nem Hunni biste dabei!«?

Ich weiß zwar nicht, was meinen Bruder zu seinem ungewöhnlichen Verhalten getrieben hat, vermute aber stark, dass es nicht das Verlangen nach meiner Unterwäsche ist. Was nicht bedeutet, dass ich ihn damit nicht ein wenig ärgern kann. Dafür sind große Schwestern schließlich da.

»Nein, ich verkaufe dir nicht den Schlüppi, den ich gerade trage!«, sage ich laut.

Das Stöhnen verändert die Tonart. Aus einem lang gezogenen, dumpfen »Aaah« wird ein spitzeres »Iiih«. Darauf folgt ein lautes Lachen.

»Igitt, Charlie. Das ist ja ekelhaft.« Ich kann mir lebhaft vorstellen, wie mein Bruder sich schüttelt. »Irgendwie witzig ist es auch. Aber in erster Linie ekelhaft. Wie kommst du denn auf so was?«

»Lebenserfahrung«, kläre ich ihn auf. »Außerdem bist du selbst schuld. Was führst du dich auch auf, als würdest du dich auf eine Telefonlüstling-Teilzeitstelle bewerben wollen?«

»Telefonlüstling?« Sein Lachen wird lauter. »Welche Aufgaben hätte ich da genau und wie viel verdient man als professioneller Lüstling?«

»Ah, verstehe.« Ich nicke, obwohl mein Bruder das natürlich nicht sehen kann. »Kaum zwei Wochen in einem verantwortungsvollen Job, schon erkundigst du dich nach Alternativen.«

Am anderen Ende der virtuellen Leitung bleibt es verdächtig still.

»Warum rufst du an, Kleiner?« Ein Kosename, der in erster Linie darauf ausgelegt ist, ihn zu necken. Mein ›kleiner‹ Bruder ist mir nämlich seit mindestens zehn Jahren über den Kopf gewachsen. Dabei bin ich mit einem Meter fünfundsiebzig selbst nicht klein. Florian kommt von der Körpergröße her ganz nach unserem Vater und schafft es auf eins neunzig. Neben der Tatsache, dass wir beide recht groß gewachsen sind, bietet auch unsere identische Augen- und Haarfarbe ein sicheres Indiz dafür, dass es sich bei Florian und mir um Geschwister handelt. Wie unsere Mutter haben wir beide hellbraune Augen, die mit goldenen Sprenkeln durchsetzt sind und aussehen wie Bernstein. Unsere Haarfarbe wirkt so, als habe sie jemand auf Basis unserer Augenfarbe angemischt. Beim Blick in den Spiegel habe ich mich schon oft darüber gewundert, wie die Natur das so perfekt aufeinander abstimmen konnte.

Wieder ertönt ein Stöhnen.

»Flori«, sage ich warnend.

»Wie hast du nur Papas Launen vier Jahre lang täglich ertragen?«, bricht es aus ihm heraus. Bestimmt rauft er sich dabei die Haare.

Nun bin ich diejenige, die lachen muss. »Tja, Bruderherz, wieso sollte es dir besser ergehen als mir?«

»Du hast kein bisschen Mitleid mit deinem kleinen Bruder?« Er klingt ehrlich niedergeschlagen.

Obwohl ich ihn gerne necke und die Lebensweisheiten, die ich in meinen dreißig Jahren auf dieser Erde angesammelt habe, in den passenden und unpassendsten Momenten mit ihm teile, gilt es jetzt erst einmal zuzuhören. Ich lasse meinen Kopf an die Nackenstütze sinken. »Bin ganz Ohr, Flori. Was ist passiert?«

»Allein heute hätte ich ihn zig Mal erwürgen können. Steht er doch ständig fünf Zentimeter hinter mir, sieht mir über die Schulter und kommentiert jeden Arbeitsschritt, während ich die Druckluftzufuhr an der Kelter repariere. Als hätte ich das noch nie gemacht. Und natürlich findet er ständig etwas, das er anders gemacht hätte. Bedeutet: In seinen Augen mache ich es falsch.« Die nächsten fünfzehn Minuten verbringt Florian damit, mir detailliert zu schildern, wie unser Vater es sich seit meinem Umzug an die Mosel zur heimlichen Hauptaufgabe gemacht habe, ihn zur Weißglut zu treiben. Irgendwann atmet er sehr laut aus. »Danke fürs Zuhören. Ich weiß, dass du an die Mosel gezogen bist, um Abstand zu all dem zu haben – und hier bin ich und heule dir die Ohren voll.«

»Dafür sind große Schwestern da. Und solange ich noch in Deutschland bin, kannst du mich jederzeit anrufen.«

»Stimmt. Die Abschlussphase für deine Sake-Prüfung beginnt ja demnächst. Das hatte ich ganz vergessen. Wann fliegst du nach Japan?«

»In drei Wochen.«

»Okay, dann muss ich die Zeit bis dahin bestmöglich nutzen und werde dich täglich mit Fragen nerven. Als Allererstes verrätst du mir deinen Trick. Wie bist du mit Papas Stimmungsschwankungen klargekommen?«

»Es ist besser, seit er wieder etwas im Betrieb mithelfen kann«, sage ich nachdenklich.

Ein Schnaufen ertönt am anderen Ende des Telefons. »Entweder bist du eine Heilige oder hast so viel angestaute Wut in dir, dass du demnächst platzt.«

»Der Kickbox-Kurs, den ich vor zwei Jahren gemacht habe, hat extrem viel geholfen.« Ich lache, aber nicht aus vollem Herzen. Denn ich kann sehr gut nachempfinden, wie es meinem Bruder mit unserem Vater geht. »Du gewöhnst dich mit der Zeit daran«, ergänze ich daher sanft. »Es ist schwer für ihn, nur noch auf der Zuschauerbank zu sitzen, nachdem er jahrzehntelang bei Wind und Wetter im Wingert war.«

Für einige Sekunden lausche ich Florians Atmung. Dann kann ich hören, wie er erneut tief Luft holt. »Es tut mir leid, dass ich dich mit dem ganzen Mist alleingelassen habe.«

»Du hast mich nicht allein–«

»Lass mich kurz ausreden, Charlie«, fällt mir mein Bruder ins Wort. »Ich hatte zwar das Stipendium für Neuseeland, aber wir beide wissen, ich hätte genauso gut in Hessen Weinbau studieren können. Es wäre meine verdammte Pflicht gewesen, zurückzukommen. Nach Papas Unfall hätte ich den Studienort wechseln müssen. Das Semester in Neuseeland hatte ja gerade erst begonnen. Es war nicht fair von mir, einfach weiterzumachen, als sei nichts geschehen, während du eine Vollbremsung in deiner Karriere hingelegt hast, um das Weingut zu führen. Schon die letzten Jahre hatte ich das Gefühl, dir etwas schuldig zu sein. Aber jetzt, wo ich sehe, was für ein Kraftakt das für dich gewesen sein muss, bin ich mir sicher, dass ich das nie wiedergutmachen kann.« Er seufzt leise. Danach bleibt es still, was ich als Signal dafür nehme, mich wieder an der Unterhaltung beteiligen zu dürfen.

»Du bist mir überhaupt nichts schuldig, Flori. Mir war wichtig, dass du dein Studium wie geplant durchziehen kannst. Ich habe dir nie etwas vorgehalten – und das werde ich auch in Zukunft nicht tun.«

»Es ist mir unangenehm, mich ins gemachte Nest zu setzen. Das Weingut stand noch nie so gut da wie in den letzten beiden Jahren. Mit deinen Ideen und deinem Mut hast du uns in die Winzer-Oberliga befördert. Dabei wolltest du nie Winzerin sein. Ich hab dich davon abgehalten, deinen Wünschen nachzugehen und dich quasi dazu gezwungen, dich um Papa und das Gut zu kümmern, während ich am anderen Ende der Welt herumgeturnt bin.« Seine Zerrissenheit schwingt deutlich in seiner Stimme mit.

»Bitte hör auf, dich da in etwas hineinzusteigern«, sage ich. »Es war eine außergewöhnliche Situation damals und wir alle haben auf unsere Art versucht, damit umzugehen. Jetzt übernimmst du das Weingut, so wie du es dir immer schon gewünscht hast, und ich bin auf dem Weg, meinen eigenen Traum zu realisieren. Sprichwörtlich.« Ich grinse und ahme mit meinen Zeigefingern am Lenkrad einen kleinen Trommelwirbel nach. »Wenn ich diesen Auftrag auf Sylt erfolgreich abwickle, bringt mir das hoffentlich jede Menge Weiterempfehlungen ein. Und sobald ich aus Japan zurück bin, geht es so richtig los.«

»Siehst du das wirklich so? Oder versuchst du nur, mir mein schlechtes Gewissen auszureden?«

»Funktioniert es denn?«, will ich wissen und lache dabei. Mein Bruder quittiert meine scherzhaft gemeinte Frage lediglich mit einem Brummen.

Vor mir kommt Bewegung in die Wagenkolonne, was meine Aufmerksamkeit auf die Straße lenkt. »Endlich!«, stoße ich theatralisch aus und recke meine Arme nach oben.

»Was ist los?«, fragt Florian.

»Hier geht es zum Glück endlich weiter und ich komme einer Toilette näher«, jubiliere ich. Erleichtert starte ich den Motor und tippe leicht aufs Gas. Im Schneckentempo bewegen sich die Autos auf der Bundesstraße in Richtung Autoverladung. Die Kombination aus strömendem Regen, dunklem Gewitterhimmel und einsetzender Dämmerung sorgt nicht gerade für optimale Sichtverhältnisse. Angestrengt blinzle ich bei jedem hellen Scheinwerferlicht entgegenkommender Fahrzeuge. »Ich muss Schluss machen, Flori, sonst lande ich sehr wahrscheinlich nicht auf dem Autozug, sondern im Straßengraben.«

»Alles klar, komm gut ans Ziel. Viel Glück auf Sylt. Du rockst deinen Auftrag, da bin ich sicher.«

***

Die Fahrt mit dem Autozug über den Hindenburgdamm ist eine echte Kraftprobe für Geist und Körper. Während ich brav meinen Beckenboden anspanne, um meiner vollen Blase zu signalisieren, dass ich noch immer Herrin der Lage bin, hoffe ich inständig, dass sich durch die permanente Ruckelei des Zuges nicht aus Versehen ein paar Korken aus den Champagnerflaschen in meinem Kofferraum lösen und das Heck meines Kombis plötzlich der Siegertribüne bei einem Autorennen Konkurrenz macht.

Das Gewitter hängt noch immer direkt über der nordfriesischen Küste, sodass vom Wattenmeer während meiner ersten Überfahrt nach Sylt leider nur wenig zu erkennen ist. In Westerland angekommen, verteilen sich die

Autos vom Zug recht schnell in alle Richtungen. Nachdem ich Wenningstedt und Kampen auf meiner Fahrt in den Inselnorden hinter mir gelassen habe, ist kaum noch ein Wagen unterwegs. Inzwischen ist es stockdunkel. Ich muss also bis morgen warten, um zu überprüfen, ob die Insel hält, was einem in Reisemagazinen und Fotos auf Instagram an traumhafter Landschaft versprochen wird.

Als ich mein Auto endlich auf dem Hotelparkplatz abstelle, ist es bereits nach 22 Uhr. Meine Beckenbodenmuskulatur jubelt, da sie in absehbarer Zukunft eine Pause vom Training bekommen wird.

Ohne Gepäck rase ich in die Lobby.

»Die Damentoilette?«, bringe ich gepresst hervor und sehe die junge Frau an der Rezeption flehentlich an. Sie zeigt in Richtung eines Flurs neben den Fahrstühlen, den ich sofort ansteuere. Mit einer Art Tunnelblick suchen meine Augen die Türen nach dem entsprechenden Zeichen ab. Da! Endlich! Erleichtert stoße ich die Tür zu einem geräumigen Waschraum auf.

Mit Schamesröte im Gesicht betrete ich kurz darauf erneut den Rezeptionsbereich. So einen Auftritt habe ich bisher noch bei keinem Hotelaufenthalt hingelegt. Zum Glück sind weder meine Auftraggeber noch die Brautmutter des Grauens anwesend, um in den Genuss meines äußerst *professionellen* Auftretens zu kommen.

»Charlotte Krämer«, sage ich zur Mitarbeiterin hinter dem Rezeptionstresen, die mich freundlich anlächelt. »Eine Reservierung für drei Nächte.«

Während sie etwas in ihren Rechner tippt, schaue ich mich um. Bei meinem Sprint zur Toilette sind mir vorhin lediglich die hellen Farben aufgefallen. Für die schönen maritimen Details reichte meine Aufmerksamkeit nicht. Gegenüber der Rezeption sind mehrere Sitzbereiche eingerichtet, die durch mit Schilfgräsern bepflanzte Kübel voneinander abgetrennt sind. Großformatige Gemälde in Sand- und hellen Blautönen holen Strandflair ins Innere des Hotels. Die Rezeptionistin, die mir ein Formular mit meiner Anschrift zum Unterzeichnen vorlegt, trägt einen hellen Blazer über einem dunkelblau und weiß gestreiften Shirt.

»Herzlich willkommen bei uns, Frau Krämer. Wie ich sehe, kommen Sie auf Empfehlung von Frau von Hagen. Wir haben ein sehr schönes Doppelzimmer mit Blick aufs Wattenmeer für Sie – selbstverständlich zu unserer Spezialrate für Freunde des Hauses.«

O nein. Erst jetzt fällt mir wieder ein, dass Lena vor Wochen erwähnt hatte, mit dem Hoteldirektor befreundet zu sein. Mein schamrotes Gesicht, das nach dem Toilettensprint gerade wieder etwas abgekühlt war, legt hitzetechnisch nach. So viel zum Thema professionelles Auftreten.

Mit einem bemühten Lächeln zeige ich in Richtung der Waschräume. »Das ist mir sehr unangenehm.«

»Ich kann Ihnen versichern, dass Sie nicht der erste Gast sind, der in einer dringenden Angelegenheit unser Haus betritt.« Das Lächeln der Frau im Streifenshirt wirkt immer noch echt. Wenigstens eine von uns weiß, wie man Professionalität ausstrahlt.

Neben mein Anmeldeformular legt sie eine Zimmerkarte. »Benötigen Sie Hilfe beim Ausladen Ihres Gepäcks?«

Ich kritzle meine Unterschrift auf das Formular und schnappe mir die Zimmerkarte. »Nein, vielen Dank«, rufe ich im Hinausgehen und beeile mich, aus der Lobby zu verschwinden.

# Kapitel 2

♡

Meine Zehen tauchen in badewannenwarmes Wasser und ich kann es kaum erwarten, meinen Körper in den großen Hotelpool gleiten zu lassen. Ich mache einige weitere Schritte in das Becken hinein und stoße mich von der letzten Treppenstufe ab. In langen Zügen schwimme ich auf den Durchgang zu, der den Innen- vom Außenbereich trennt. Kaum habe ich die zwei Meter breite Öffnung passiert, drehe ich mich auf den Rücken und richte meinen Blick in den Himmel. Eine Möwe saust quer über den Pool. Weiter oben sind einige Wattewölkchen zu sehen. Die ersten Sonnenstrahlen des Tages spiegeln sich in den blank geputzten Fensterflächen des Hotels. So früh am Morgen ist die Luft noch frisch und ich lasse mich tiefer ins warme Wasser sinken. Entlang des linken Beckenrands zieht ein älterer Herr gleichmäßig seine Bahnen. Wir sind die Einzigen hier draußen.

Mit trägen Bewegungen paddle ich zu einer ins Becken eingelassenen Sitzfläche. Ich lehne mich zurück und schließe meine Augen. Herrlich. So könnte jeder Morgen beginnen. Das wohltemperierte Nass lockert meine von der Fahrt verspannten Muskeln. Einige Minuten lang lausche ich einfach nur den Geräuschen in meiner Umgebung. Das leise Glucksen des Wassers, die gleichmäßigen Kraulbewegungen des anderen Schwimmers, die Schreie von Möwen in einiger Entfernung, das Rascheln des Windes in den hohen Gräsern, die rings um den Pool gepflanzt sind.

Ich sollte Frau von Hagen senior dankbar dafür sein, dass sie auf dieses zweite Probeessen mit Weinbegleitung bestanden hat. So komme ich zum ersten Mal – und ohne den Stress des Hochzeitstages im Nacken – in den Genuss der viel beschriebenen Sylt-Magie.

Ein wenig widerwillig öffne ich meine Augen. Der Schwimmer ist nicht mehr zu sehen. Ich nutze die Gelegenheit und absolviere zehn zügige Bahnen, bevor ich mich noch einmal kräftig vom Rand abstoße und mich auf den Durchgang zum Innenpool zutreiben lasse.

Wieder drinnen hole ich tief Luft und tauche einmal quer durch das Becken. Als mein Kopf die Wasseroberfläche durchbricht, dringt ein bekannter Klingelton an mein Ohr. Es dauert einige Sekunden, bis ich realisiere, dass es tatsächlich mein Handy ist, das so penetrant nach Aufmerksamkeit schreit. Hektisch sehe ich mich um. Meinen Bademantel, in dessen Tasche sich auch mein Handy befindet, habe ich auf einer Liege deponiert, die sich in einem durch von der Decke baumelnde Schiffstaue abgetrennten Bereich befindet. Erst jetzt bemerke ich, dass direkt darüber an der Wand ein Schriftzug in die Mosaikfliesen eingearbeitet ist. *Ruhebereich* steht dort. Ausgerechnet. In Buchstaben, die mindestens 30 Zentimeter hoch sind. Im Grunde nicht zu übersehen. Ich habe es dennoch geschafft. Rechts neben meiner Liege entspannen sich zwei Damen. Oder sie haben es zumindest versucht. Aktuell sitzen sie hoch aufgerichtet auf ihren Liegen und werfen mir giftige Blicke zu. Ob der andauernden Ruhestörung ist es ihnen nicht zu verdenken. Bei einem Halt auf einer Raststätte habe ich während der gestrigen Fahrt die Lautstärke des Klingeltons besonders laut eingestellt, da ich keinen Anruf der Brautmutter des Grauens verpassen durfte. Nun beschallt ebendieser den Ruhebereich vor dem Eingang zur Sauna und zum Dampfbad.

Sofort beschleunigt sich mein Puls und ich versuche, so schnell wie möglich aus dem Schwimmbecken zu kommen. Unelegant hieve ich mich aus dem Pool und schnappe mir mein Handtuch von der Bank neben dem Einstieg.

Durch meine hektischen Bewegungen verheddere ich mich natürlich in meinem Badelaken und auf dem Weg zu meiner Liege rutsche ich zweimal fast auf den nassen Fliesen aus. Zum Glück ist das Klingeln inzwischen verstummt, dennoch beeile ich mich, zu meiner Liege zu kommen. Ich bin keine zwei Meter mehr entfernt, als das penetrante Geräusch erneut ertönt. Ich stürze mich regelrecht auf meinen Bademantel. Mit ungelenken Fingern fische ich mein Telefon aus einer der beiden aufgenähten Taschen und drücke den Anruf weg. Sofort herrscht Ruhe.

Sie währt allerdings nur für wenige Sekunden, dann wird lautstark ein weiterer Anruf angekündigt. *BMdG* erscheint auf dem Display. Frau von Hagen senior scheint mir sehr dringend ihren neuesten Einfall für die Feierlichkeiten mitteilen zu müssen. Abermals beende ich den

Anruf und befördere mein Handy in den Vibrationsmodus.

Die beiden älteren Damen, deren Liegen sich direkt neben meiner befinden, haben sich nun ihrerseits entschlossen, das Ruhegebot zu ignorieren. Sie unterhalten sich lautstark über mich und meine Übeltat.

»Die jungen Leute können ja heute nirgends ohne ihre Handys hingehen.«

»Es ist, als seien sie mit diesen Geräten verwachsen.«

»Ein Wunder, dass sie es nicht ins Wasser mitgenommen hat.«

»Und dann dieses laute Klingeln. Das hätte selbst meinen Mann ohne sein Hörgerät aufgeschreckt. Wahrscheinlich konnte er es oben in unserem Zimmer hören.«

»Wir sollten uns beim Hotelmanagement beschweren.«

»Ja, das ist wirklich ein Unding. Ich meine, Ruhebereich bedeutet nun einmal, dass dort Ruhe herrschen soll. Was ist daran so schwer zu verstehen?«

Mit Argusaugen verfolgen sie, wie ich meine Habseligkeiten zusammenklaube. Mit einem gemurmelten »Entschuldigung« und hochrotem Kopf schlittere ich in Richtung Ausgang.

Auf dem Weg in mein Zimmer kündigt mein Telefon noch einen weiteren Anruf von Frau von Hagen an, diesmal nur über Vibration. Es scheint sich um eine Art Notfall zu handeln.

Mit einem freundlichen »Charlotte Krämer, einen schönen guten Morgen« begrüße ich die Mutter meiner Auftraggeberin.

»Sie werden einen Säbel benutzen.«

»Entschuldigung?« Mitten im Versuch, meine Zimmertür mit der entsprechenden Karte zu öffnen, halte ich inne. Dass die Brautmutter des Grauens Telefonate ohne Begrüßungsfloskel beginnt, bin ich inzwischen gewohnt. Dass sie eine gänzlich kryptische Anweisung erteilt, ist neu.

»Einen Säbel«, wiederholt sie und ich kann die Ungeduld in ihrer Stimme hören.

»Ich fürchte, ich verstehe nicht.«

Ein von einem genervt klingenden Seufzen begleitetes »Frau Krämer« kommt aus dem Lautsprecher meines Handys. »Offenbar sind sie noch nicht ganz wach. Deshalb erkläre ich Ihnen nun noch einmal ganz langsam, was ich von Ihnen erwarte. Am besten, Sie machen sich Notizen.«

Nun bin ich es, die seufzt. Selbstverständlich nur innerlich. Als endlich meine Zimmertür hinter mir ins Schloss fällt, lehne ich mich erschöpft dagegen. Was für ein Start in den Tag.

»Da meine Tochter sich beharrlich weigert, auf einem Pferd zu ihrer Trauung zu reiten, müssen Sie jetzt ran.«

»Ich?« Offenbar überschätzt sie mein Aufgabengebiet als Sommelière etwas.

»Ja, Sie. Wir müssen den Gästen schließlich etwas bieten.«

»Das, ähm, ist vielleicht keine so gute Idee. Das letzte Mal saß ich mit etwa acht Jahren auf einem Pferd.«

»Aha. Und wieso erzählen Sie mir das?«

»Sie sprachen doch gerade davon, dass Ihre Tochter nicht reiten wolle und ich nun einspringen soll.«

»Papperlapapp. Selbstverständlich sollen Sie nicht auf einem Pferd reiten. Das wäre doch Unsinn. Sie werden den Champagner mit einem Säbel köpfen.«

Ah, ich soll eine Flasche sabrieren, das ergibt deutlich mehr Sinn – und liegt mir auch mehr, als auf einem Pferd zu reiten. Obwohl ich das Öffnen einer Sekt- oder Champagnerflasche mit einem sogenannten Champagnersäbel seit meiner Ausbildung nicht mehr praktiziert habe, bin ich zuversichtlich, das mit ein klein wenig Übung für die Hochzeit hinzubekommen. Damals hatte ich sehr viel Spaß dabei – und ich würde behaupten, auch ein gewisses Talent dafür. Das einzige Problem: Ich besitze keinen Säbel. Bis zur Hochzeit nächste Woche werde ich über einen befreundeten Sommelier hoffentlich einen auftreiben können.

»Das mache ich gerne, Frau von Hagen«, sage ich daher.

»Dann hätten wir das auch geklärt.« Eine Art Kratzen auf Papier ist zu hören. Vermutlich streicht Frau von Hagen diesen Punkt auf ihrer Anweisungsliste, die sie für die verschiedenen Dienstleister der Hochzeit führt. Dann ist nur noch das bekannte Tuten zu hören, das signalisiert, dass es für den Moment keine weiteren Instruktionen für mich gibt. Die Mutter der Braut steht auf höchste Effizienz beim Telefonieren. Begrüßung und Verabschiedung sind lästige Zeiträuber, auf die sie gern verzichtet.

Abgekämpft lasse ich mich auf den bequemen Stuhl am Schreibtisch sinken und ergänze meine To-do-Liste.

Es ist noch nicht einmal neun Uhr und ich fühle mich, als hätte ich bereits einen Triathlon hinter mir. Um dem restlichen Tag gewachsen zu sein, muss ein ausgiebiges Frühstück her.

# Kapitel 3

»Guten Morgen!«

Prompt verschlucke ich mich an meinem Milchkaffee. Hektisch greife ich nach der Stoffserviette auf meinem Schoß. Hustend halte ich sie vor meinen Mund und lenke meine Aufmerksamkeit auf die Restaurantmitarbeiterin, die so plötzlich neben meinem Tisch im Frühstückssaal des Hotels aufgetaucht ist.

»Sind Sie Frau Krämer?«

Ich nicke lediglich, da meine Luftröhre immer noch dabei ist, den Kaffee loszuwerden.

»Haben Sie im Anschluss an Ihr Frühstück kurz Zeit? Unser Hoteldirektor würde Sie gerne sprechen.«

O nein. Der Hoteldirektor? Dann war das keine leere Drohung von den beiden Ladys aus dem Spa. Sie haben sich tatsächlich über mich beschwert. Keine 24 Stunden im Hotel und schon zweimal bis auf die Knochen blamiert.

Schlagartig ist mir der Appetit vergangen. »Ich komme direkt mit Ihnen«, sage ich etwas heiser und räuspere mich ein letztes Mal.

Mit einem mulmigen Gefühl folge ich der Hotelangestellten. Die Damen aus dem Ruhebereich im Schwimmbad waren bestimmt irgendwelche VIPs. Persönliche Freunde des Hoteldirektors vielleicht? Sollte ich sehr viel Pech haben, würde sich die Beschwerde bis zu meinen Auftraggebern herumsprechen. Die Sache mit dem professionellen Auftreten läuft wirklich gut für mich.

Inzwischen sind wir an der Rezeption angekommen. Die Hotelangestellte öffnet eine Tür, die ich gestern bei meiner Ankunft gar nicht bemerkt habe, da sie sich kaum von der kieselfarbenen Holzvertäfelung hinter dem Empfangstresen abhebt. Wir betreten einen schmalen Gang, an dessen Ende eine offene Glastür zu erkennen ist. Der Boden des Flurs ist mit dunkelgrauem Teppich ausgekleidet, der die Geräusche unserer Schritte schluckt. Auf dem Weg zum Büro des Hoteldirektors passieren wir etliche großformatige Fotos in stilvollen Rahmen, die das Hotel während der Bauphase zeigen.

Die junge Frau klopft einmal leicht an die offen stehende Tür. »Christian? Hier ist Frau Krämer für dich.« Sie macht mir Platz und bedeutet mir mit einer freundlichen Geste, das Büro ihres Chefs zu betreten.

Dieser erhebt sich von seinem Stuhl hinter einem modernen Schreibtisch und knöpft sein Jackett zu. Mit einer routinierten Bewegung umrundet er seinen Tisch und kommt auf mich zu.

»Es tut mir leid«, sind die ersten Worte, die meinen Mund verlassen. »Mir ist völlig klar, dass Ruhebereich bedeutet, dass keine ständig klingelnden Handys erwünscht sind, und ich werde mich selbstverständlich auch nochmals persönlich bei den Damen entschuldigen.«

Dem Hoteldirektor steht Unverständnis ins Gesicht geschrieben.

»Ich bin doch hier, weil sich zwei Gäste über mich beschwert haben, oder?« Nervös trete ich von einem Fuß auf den anderen.

Mein Gegenüber schenkt mir ein entwaffnendes Lächeln, von dem ich vermute, dass es schon so manche aufgebrachten Gemüter beruhigt hat. »Frau Krämer, richtig?«

»Ja.«

»Mein Name ist Christian Rother und ich darf dieses schöne Haus hier leiten.« Er hält mir seine Hand hin.

»Charlotte Krämer«, sage ich und schlage ein. »Aber das wissen Sie ja bereits.«

»Das ist richtig. Ihr Ruf eilt Ihnen voraus, Frau Krämer.«

»Mein Ruf als Ruhestörende?«

»Ich bin mir nicht sicher, ob ich verstehe, wovon Sie sprechen.« Herr Rother geht zurück zu seinem Schreibtischstuhl. »Nehmen Sie doch bitte Platz.«

Ich setze mich auf die äußerste Kante des Designersessels einer finnischen Möbelmarke, von denen sich gleich drei im Büro des Direktors befinden.

»Darf ich Ihnen ein Wasser oder einen Kaffee anbieten?« Seine Hand greift nach dem Telefonhörer.

»Nein, vielen Dank.«

Er lässt die Hand wieder sinken und räuspert sich. »Frau von Hagen hat mir verraten, dass Sie die Weinberatung für ihre Hochzeit übernehmen, und nachdem ich nur Lob über Ihre Fähigkeiten gehört habe, wollte ich Sie fragen, ob Sie sich vorstellen könnten, auch für mich einen Auftrag anzunehmen?«

Überrascht rutsche ich auf meinem Stuhl noch weiter nach vorn und lande fast auf dem Boden. »Sie möchten mit mir arbeiten? Es … es gab keine Beschwerde wegen meines Handyklingelns im Ruhebereich?«

»Keinerlei Beschwerden, Frau Krämer. Ganz im Gegenteil.« Er nimmt einen Schluck aus einer Kaffeetasse, auf der ›Mehr Meer‹ steht. »Ich würde mich sehr freuen, wenn Sie sich zeitnah mit unserem Weinsortiment und vielleicht noch mit ein, zwei anderen Themen beschäftigen könnten.«

Völlig überrumpelt nicke ich. Einen Raum in Erwartung eines Rüffels zu betreten und stattdessen einen Auftrag angeboten zu bekommen, ist ein schönes Gefühl.

»Wie ich höre, kennen Sie sich vorzüglich mit Sake aus«, fährt der Hotelmanager fort.

Wieder nicke ich.

»Wunderbar. Ich dachte, ich muss die Chance nutzen, wenn ich Sie schon hier bei uns im Haus habe. Was ich Ihnen jetzt sage, muss allerdings unter uns bleiben.« Er stellt seine Tasse ab und lehnt sich mit beiden Unterarmen auf seinen Schreibtisch. »Wir werden im Winter ein zweites Restaurant eröffnen.«

Ich meine, mich dunkel daran zu erinnern, darüber schon Spekulationen in einem Online-Magazin für die Gastronomie gelesen zu haben.

»Die Küche wird Asian-Fusion und da darf eine ausgezeichnete Sake-Auswahl natürlich nicht fehlen. Wenn ich Lena von Hagen richtig verstanden habe, dann besitzen Sie einen speziell geschulten Gaumen, was Sake betrifft?«

Mein Lachen klingt ein wenig nervös. »Noch wurde mir dieser speziell geschulte Gaumen nicht offiziell bestätigt. Die Ausbildung zur Sake-Sommelière beende ich erst in einigen Wochen.«

»Verstehe.« Christian Rother wiegt langsam seinen Kopf hin und her. »Aber Sie würden sich zutrauen, uns bei der Auswahl geeigneter Sake für das neue Restaurant und auch für unsere Bar zu beraten? Im Idealfall genießen die Gäste nach ihrem Restaurantbesuch noch weiter.« Schmunzelnd zieht er kurz beide Augenbrauen nach oben.

Ganz automatisch muss ich ebenfalls lächeln. »Es wäre mir eine Ehre, Sie beraten zu dürfen. Meine Ausbildung ist fast abgeschlossen und ich traue mir auf jeden Fall auch mit meinem heutigen Wissen rund um die Aromen von Sake zu, eine gelungene Auswahl für die verschiedenen Ausschankoptionen in Ihrem Haus zu treffen.« Um ihm die Sicherheit zu geben, dass er mit mir keine blutige Anfängerin engagiert, habe ich noch ein Ass im Ärmel. »Kürzlich hatte ich bereits die Chance, eine renommierte Bar in Frankfurt bei der Auswahl exquisiter Sake-Sorten zu unterstützen. Sie wären also kein Versuchskaninchen für mich.« Noch immer klingt mein Lachen nervös.

»Je nachdem, wie viel Zeit Sie erübrigen können, würde ich Sie neben einer ersten Zusammenstellung unserer künftigen Sake-Karte noch um zwei weitere Experten-Einschätzungen bitten.«

Dieses Gespräch wird immer interessanter. Meine Ahnung, dass der Auftrag für Lena und Nico sich als Networking-Goldgrube entpuppen könnte, scheint sich zu bewahrheiten.

»Unser langjähriger Sommelier und ich würden uns über eine Bewertung unseres Champagner-Angebots freuen. Wie ich hörte, produzieren Sie selbst Winzersekte nach der Champagner-Methode?«

»Nicht mehr. Mein Bruder führt inzwischen gemeinsam mit meinem Vater das Weingut. Ich hatte interimsweise die letzten vier Jahre die Leitung.«

»Nun, das schmälert in meinen Augen keinesfalls Ihre Expertise, was erstklassige Weine und Schaumweine angeht.«

Seine Worte lassen mich innerlich jubeln.

»Vielleicht haben Sie noch einige Empfehlungen für uns, was die Spirituosenauswahl unserer Bar betrifft«, führt der Hotelchef das Angebot zur Zusammenarbeit weiter aus. »Wir haben ein Konzept, das zwar bei den Gästen extrem gut ankommt, aber leider auch mit einem hohen Aufwand bei der Vorratshaltung verbunden ist – was sich für uns auch kostenseitig niederschlägt.«

Das klingt nach einem echten Traumprojekt. Für solche Kunden habe ich mein Unternehmen gegründet. Wenn ich könnte, würde ich mir jetzt selbst ein *High Five* geben. Das breite Honigkuchenpferdgrinsen in meinem Gesicht verrät sicherlich einiges über mein Gefühlsleben. Davon abgesehen, versuche ich in Gegenwart des Direktors ein professionelles Auftreten zu wahren.

»Sie bleiben noch zwei weitere Nächte bei uns, ist das korrekt?« Herr Rother nimmt seine ›Mehr Meer‹-Tasse zur Hand.

»Richtig, ich reise am Morgen nach dem Probeessen ab.«

»Wunderbar.« Er nippt zweimal am Inhalt der Tasse, dann stellt er sie zurück auf den Schreibtisch. »Denken Sie, Sie könnten vielleicht heute oder morgen schon etwas Zeit für uns finden? Und falls das bei Ihnen möglich sein sollte, würden wir direkt im Anschluss zur Hochzeitsfeier kommende Woche einen weiteren Termin machen. So müssten Sie nicht extra wegen uns mehrfach auf die Insel reisen. Das ist ja doch eine ganz schöne Strecke für Sie.« Während ich im Kopf meine Planungen durchgehe, schießt er mit einem charmanten Lächeln hinterher: »Obwohl wir uns selbstverständlich immer freuen, Sie bei uns willkommen zu heißen.«

»Grundsätzlich könnte ich sofort loslegen. Ich muss heute und morgen nur je einen Termin mit dem Catering wahrnehmen und dann natürlich das Probeessen morgen Abend entsprechend vorbereiten, was Aperitif und Weinbegleitung betrifft. Davon abgesehen, setze ich mich gern mit Ihrem Sommelier zusammen und erstelle anschließend einige Empfehlungen. Gibt es bereits eine Karte für das neue Restaurant? Wie bei klassischem Wein ist es auch bei Sake wichtig, dass er mit den Speisen harmoniert, zu denen er getrunken wird.«

Christian Rother macht eine Kopfbewegung, die ich als Mischung zwischen Nicken und Verneinen deute. »Wir haben einen ersten Entwurf, aber noch ist nichts in Stein gemeißelt.«

»Dann konzentrieren wir uns doch zunächst auf die Auswahl für die Bar. Da sind wir erheblich freier.« Ich deute auf einen Stapel Notizblöcke mit Hotellogo, die auf einem Sideboard liegen. Daneben steht eine ›Mehr Meer‹-Tasse, in der blaue Kugelschreiber stecken. »Darf ich mir Papier und Stift ausleihen? Mein Notizbuch liegt leider noch in meinem Zimmer. Ich bin Ihrer Mitarbeiterin direkt vom Frühstück hierher gefolgt«, sage ich entschuldigend.

Herr Rother lehnt sich in seinem Stuhl zurück. »Bitte, bedienen Sie sich.«

Kaum habe ich einen der Blöcke in der Hand, beginne ich damit, die Infos zusammenzufassen, die ich bislang erhalten habe. »Sie sagten vorhin, es gäbe Herausforderungen bei der Bevorratung. Könnten Sie mir das Barkonzept näher beschreiben, damit ich besser verstehe, wo die Probleme liegen?«

»Folgender Vorschlag: Ich gebe Ihnen auf dem Weg in unsere Bar einen kurzen Überblick zu unserem aktuellen Konzept. Vor Ort können Sie unseren Barchef kennenlernen, der das Konzept entwickelt hat, und er kann Ihnen dann sozusagen am lebenden Objekt alles Weitere zeigen. Wie klingt das?«

»Perfekt!«

Herr Rother erhebt sich und geht voraus zur Tür. Bevor er sie öffnet, dreht er sich noch einmal zu mir um. »Ach, eine Sache noch. Wir duzen uns im Team. Wäre das in Ordnung für Sie? Also für dich?«

»Klar. Ich bin Charlotte«, sage ich und strecke ihm meine Hand entgegen, die er mit einem angenehm festen Druck schüttelt.

»Christian.«

# Kapitel 4

♡

Leise Loungemusik unterstreicht das locker-leichte Strandbar-Flair, das mich sofort umgibt, als wir die ersten Schritte in die Bar machen. Die Inneneinrichtung greift einige der Farben aus dem Restaurant nebenan auf, wirkt aber durch hellere Materialien und Deko-Elemente aus Seegras noch luftiger. Der Barbereich ist sowohl von der Lobby als auch vom Hauptrestaurant aus zu erreichen. Aus dem Empfangsbereich des Hotels kommend, steuern wir seitwärts auf die lange Theke zu, an der etwa zwölf Barhocker auf Gäste warten. Im restlichen Raum, dessen Hauptattraktion die deckenhohe Fensterfront mit Blick Richtung Promenade und Wattenmeer bildet, verteilen sich kleine Sitzgruppen. Die hellen Polstermöbel und die niedrigen Tische aus Treibholz komplettieren den kalifornischen Beach-Look.

Offiziell hat die Bar während der Frühstückszeit nicht geöffnet. Momentan halten sich hier keine Gäste auf. Hinter dem Tresen ist dafür umso mehr Aktivität zu erkennen.

Zwei Männer in identischen Outfits wirbeln dort mit einer solchen Leichtigkeit Cocktailshaker durch die Luft, dass dies nur auf jahrelanges Training schließen lässt.

Einer der beiden steht mit dem Rücken zu uns. Seine von der Sonne ausgebleichten blonden Haare hat er zu einem trendy Man Bun gebunden. Und obwohl ich ihn nur von hinten sehen kann, unterscheidet sich seine Erscheinung deutlich von der des zweiten Barmanns. Dieser ist ein wenig kleiner als sein blonder Kollege. Seine dunkelbraunen Haare sind mit Gel in Form gebracht. Ein Bartschatten ziert sein Kinn und an seinen Unterarmen sind diverse Tattoos zu erkennen. In Kombination mit den dunklen Jeans, einem weißen Hemd mit bis zum Ellbogen aufgekrempelten Ärmeln, rostbraunen Hosenträgern und einer ebensolchen Fliege wirkt er gleichermaßen lässig und sexy. Ich könnte mir vorstellen, dass es schon etliche Gäste gab, die nicht wegen der Getränkeauswahl, sondern wegen der Optik des Barkeepers etwas länger hier verweilt haben.

Die beiden Herren hinter der Theke scheinen ein eingespieltes Team zu sein. Sie werfen sich Flaschen und Mixgefäße zu, fangen diese aus teils abenteuerlichen Höhen oder gar hinter dem Rücken, ohne dass Kommandos zu hören sind.

Christian und ich beobachten das Geschehen eine Weile fasziniert. »Ich bekomme das ja auch nicht allzu häufig zu sehen. Die beiden mixen so selten in meinem Büro«, witzelt der Hotelchef. Dann macht er sich durch ein Räuspern bemerkbar.

Der dunkelhaarige Barkeeper mit den Tattoos lächelt uns an und vollführt einen besonders komplizierten Wurf der drei Flaschen, mit denen er jongliert.

»Das ist Sergio.« Christian zeigt auf den sexy Bartender, dessen Lächeln sich vertieft, als sein Blick meine Augen trifft. Sergio hat seine Flugobjekte inzwischen eingefangen und deutet eine kleine Verbeugung an.

Schmunzelnd winke ich ihm zu.

Der Hoteldirektor weist auf den zweiten Barmann, der immer noch mit dem Rücken zu uns steht. »Und das ist Finn, unser Barchef.«

Dieser ist noch komplett vertieft in seine Wurfroutinen und ruft uns nur zu: »Bin sofort bei euch.«

Irgendetwas an dieser Stimme kommt mir bekannt vor.

»Sergio, Finn, ich möchte euch Charlotte vorstellen. Sie wird uns auf Projektbasis als Wein- und Sake-Expertin unterstützen.«

»Willkommen im Team«, kommt es von dem blonden Typen mit Man Bun. Er wirft seinen Shaker über seinen Kopf hinweg in unsere Richtung und beginnt sich umzudrehen.

Was an dieser Stimme …?

Noch bevor ich den Gedanken zu Ende bringen kann, hat der Barkeeper seine Drehung beendet und ich traue meinen Augen nicht. Für einige Millisekunden ist mein Gehirn völlig überfordert mit den Informationen, die darauf einprasseln, und versetzt meinen Körper in eine Art Schockstarre. Dann entscheidet es sich dafür, meiner Kiefermuskulatur das Signal zu geben, meinen Unterkiefer langsam herabsinken zu lassen. Auch bei meinem

Gegenüber scheint einiges durcheinandergeraten zu sein. Ihm entgleiten bei meinem Anblick jedoch nicht nur die Gesichtszüge, sondern auch seine Koordinationsfähigkeiten. Es ist, als betrachte ich die Szene in Zeitlupe. Der Cocktailshaker landet nach seinem Höhenflug nicht in seiner Hand, sondern touchiert die Arbeitsplatte des Tresens, bevor er mit einem lauten Scheppern auf dem Boden aufkommt. Das metallene Oberteil des Shakers löst sich vom Unterteil aus Glas und der Inhalt schießt wie eine Fontäne heraus. Die Regalböden hinter der Bar, auf denen unzählige Flaschen aufgereiht sind, die Theke, die Arbeitsfläche, Teile der Wand – alles wird von einer gelben Flüssigkeit überzogen.

Eiswürfel schlittern über den Boden. Einer davon prallt an Christians Schuh ab.

»Charlie?« Ungläubig sieht Finn mich aus grau-grünen Augen an. Gelbe Rinnsale bahnen sich ihren Weg aus seinen Haaren über sein Gesicht. Er blinzelt mehrfach.

Auch ich versuche es mit dem Blinzeln. Vielleicht hört dieser verrückte Traum auf, wenn ich nur oft genug meine Augen öffne und wieder schließe?

Aber nein. Nur wenige Meter von mir entfernt befindet sich immer noch Finn Friedrichsen. Mehrfacher Deutscher Meister im Show-Bartending und der Mann, mit dem ich vor vier Jahren die romantischsten Augenblicke meines bisherigen Lebens geteilt habe.

Etwas benommen betrachte ich das Chaos hinter dem Tresen. Neben mir steht ein sprachloser Hoteldirektor, der die Situation offenbar nicht so recht einordnen kann. Es ist ihm nicht zu verdenken. Wer rechnet auch damit, einem … Ja, was waren Finn und ich eigentlich? Ein Paar? Eine Affäre? Ein Techtelmechtel? Ein wochenlang andauernder Flirt? Keine Ahnung, ob es für die Beziehung, die Finn und ich hatten, eine treffende Bezeichnung gibt. Was auch keine Rolle spielt. Wer rechnet schon damit, eine Person, mit der er vor vier Jahren intime Momente erlebte und mit der er seither keinerlei Kontakt hatte, in einer Hotelbar wiederzutreffen? Ich jedenfalls nicht.

»Wie gesagt«, macht sich mein neuester Auftraggeber nun bemerkbar, »das ist unser Barchef, den ich dir gerne vorstellen wollte.« Er zeigt zwischen Finn und mir hin und her. Noch immer stehe ich stocksteif da. »Aber ich habe das starke Gefühl, dass das nicht nötig ist.«

Finns Augen lösen sich keine Sekunde von meiner Person. Mit einer unwirschen Geste fährt er sich über sein nasses Gesicht. Tropfen fallen zu Boden. Weder Finn noch ich sagen ein Wort.

»Darf ich fragen, woher ihr euch kennt?« Christians Stimme durchdringt die Stille und löst mich aus meiner Starre.

»Oh, ich glaube, jetzt wird es interessant«, murmelt Sergio und rückt ein wenig näher.

Finn und ich sehen uns einige weitere Sekunden lang wortlos an. Es fällt mir schwer, meinen Blick von ihm loszureißen.

»Wir, ähm«, beginne ich stotternd und sehe zu Christian hinüber, »wir waren für kurze Zeit Kollegen auf einem Kreuzfahrtschiff.«

»Genau. Kollegen.« Finn spuckt mir seine Worte regelrecht vor die Füße.

Ich nicke langsam und beobachte Christian, der uns mit in Falten gelegter Stirn mustert.

Mein Auftrag hat sich vermutlich wieder erledigt. Man muss sich nicht besonders gut mit Körpersprache auskennen, um herauszulesen, dass zwischen Finn und mir nicht gerade die Wiedersehensfreude Funken schlägt.

Mit der Aura eines gefährlichen Panthers macht Finn einige Schritte auf mich zu. Seine Augen fixieren meine. »Wir gehörten für eineinhalb Monate zur selben Crew auf einem Kreuzfahrtschiff, bis Frau Krämer hier beschlossen hat, ohne ein Wort des Abschieds von ebendiesem Schiff zu verschwinden. Aber was habe ich auch erwartet? Schließlich waren wir nur Kollegen.«

Hinter seinen Augen brodelt es. Ich wundere mich, wieso aus seinen Ohren kein Dampf aufsteigt, so sehr, wie er innerlich zu kochen scheint.

Sergio und Christian wechseln einen etwas ratlosen Blick.

Mein Gesicht glüht. Wieso passiert mir das? Warum zum Henker muss ich diesen Mann ausgerechnet jetzt wiedertreffen? In schlechtem Timing bin ich offenbar richtig gut.

Christian ergreift als Erster das Wort. »Was ich sagen wollte, bevor …« Er macht eine ausholende Geste. »… unsere Bar diesen schicken gelben Anstrich bekommen hat: Charlotte wird uns für einige Zeit unterstützen. In erster Linie wird sie uns bei der Sake-Auswahl für das neue Fusion-Restaurant beraten. Unser Sommelier hat sich außerdem einen frischen Blick auf unsere Weinauswahl gewünscht. Und ich persönlich habe Charlotte gebeten, sich auch einmal unser Barangebot anzusehen.« Der Hoteldirektor hat sich offensichtlich dafür entschieden, zur Tagesordnung überzugehen, und nickt mir aufmunternd zu. »Ich war erfreut zu hören, dass sie direkt einige Ideen hat, wie man unser Konzept etwas schlanker gestalten könnte.«

Finn sieht aus, als habe ihn jemand dazu gezwungen, einen großen Schluck saure Milch zu trinken. »So, hat sie das?«

Wie zwei Krieger stehen wir uns gegenüber.

»Ich werde nicht so indiskret sein und fragen, was zwischen euch vorgefallen ist, aber vielleicht ist es besser, wenn Charlotte mit Sergio unser Barangebot durchgeht«, schlägt Christian vor. Ich will ihm schon beipflichten, da kommt Finn mir zuvor.

»Nein, kein Problem. Wie Charlotte bereits sagte: Wir sind flüchtige Bekannte. Es gibt keine gemeinsame Geschichte, die noch aufgearbeitet werden müsste.«

»Überhaupt kein Problem«, bestätige ich und hoffe, Christian sieht mir meine meterhohen Zweifel nicht an.

»Okay, dann würde ich sagen, ihr habt viel zu besprechen.« Mit diesem mehrdeutigen Satz verlässt Christian schnellen Schrittes den Raum. Wie gern würde ich es ihm gleichtun.

»Du hast echt Nerven«, zischt Finn, kaum ist sein Arbeitgeber – und mein neuer Auftraggeber – um die Ecke verschwunden.

Nerven? Ich? Unauffällig wische ich meine feuchten Hände an meiner Hose ab. Es kommt mir gerade eher so vor, als hätten alle Nervenstränge meines Körpers zeitgleich den Dienst versagt. Bevor ich fragen kann, was er damit meint, redet Finn weiter.

»Nach vier Jahren – ohne ein Wort, ohne ein Lebenszeichen, ohne eine Erklärung – tauchst du wie aus dem Nichts auf und denkst, du kannst hier vor meinem Chef mein Barkonzept schlechtreden?«

»Nein, ich hab doch gar nicht …«

»Ein Barkonzept, das übrigens bei den Gästen hervorragend ankommt«, unterbricht er mich. »Außerdem machen wir gute Gewinne mit dem Konzept.«

»Es geht doch gar nicht darum …«

Wieder fällt mir der aufgebrachte Barchef ins Wort. »Als wir uns das letzte Mal gesehen haben, warst du Sommelière. Hast du dein Wissen inzwischen auf Spirituosen ausgeweitet?«

»Na ja, vielleicht erinnerst du dich, dass …« Weiter komme ich nicht, da Finn ein Knurren ausstößt und mit beiden Händen über seine Haare fährt. Weitere Tropfen gelber Flüssigkeit fallen auf den Boden. Wir beide folgen ihnen mit den Augen.

»Ich kann so nicht denken.« Er wendet sich seinem Kollegen zu, der im Hintergrund bereits damit begonnen hat, das Chaos zu beseitigen. »Die Dame hier«, er zeigt auf mich, »hat großes Talent dafür, heimlich zu verschwinden. Behalte sie also bitte im Auge. Zur Not bindest du sie fest.«

»Hey!«, protestiere ich, doch Finn hat sich bereits dem Durchgang zu den Personalräumen zugewandt. Mit offenem Mund beobachte ich seinen Abgang.

Sein Kollege stellt den Wischmopp weg, mit dem er eben noch den Boden säuberte, und kommt zu mir herüber. »Señorita«, er hält mir seine Hand hin, »ich bin Sergio.«

»Charlie. Freut mich.«

»Was immer du gemacht hast, muss echt schlimm gewesen sein. So habe ich Finn noch nie erlebt.«

»Ja, ich auch nicht«, erwidere ich leise.

»Keine Sorge«, sagt Sergio und zwinkert mir verschwörerisch zu. »Ich binde dich selbstverständlich nicht fest.«

»Keine Sorge«, wiederhole ich seine Worte. »Ich habe nicht vor, wegzulaufen.« Und ich bin auch damals nicht weggelaufen, füge ich in Gedanken hinzu.

»Du hast Ideen zu unserem Barkonzept?«, will der Mann mit den Tattoos von mir wissen.

In diesem Moment erscheint Finn in einem frischen Outfit. Zum ersten Mal habe ich Gelegenheit, seine ganze Gestalt wahrzunehmen. Die strohblonden Haare sind viel länger als früher und erneut zu einem Knoten an seinem Hinterkopf gebunden. Das Barkeeper-Outfit mit Hosenträgern und Fliege steht ihm ebenso gut wie seinem Kollegen. Seine Figur ist noch genauso drahtig wie damals und er wirkt, als habe er bis vor wenigen Stunden auf einem Surfbrett gestanden. Er riecht auch wie früher, schießt es mir durch den Kopf, als Finn näher kommt. Wie die Meeresbrandung.

»Bloß keine falsche Zurückhaltung, Charlie«, sagt er kühl. »Lass uns teilhaben an deinen großartigen Verbesserungsideen. Wir sind schon ganz gespannt.«

Sein Tonfall verschlägt mir die Sprache. Wie sein Kollege schon bemerkte: Das ist eigentlich nicht Finns Art. Was nur bedeuten kann, dass er wirklich sauer ist.

»Na los! Ich kann gar nicht erwarten zu hören, was wir seit Jahren falsch machen.« Provokativ zieht er eine Augenbraue nach oben.

»Ich habe das Gefühl, da läuft etwas gewaltig aus dem Ruder«, sage ich mit einer ruhigen Stimme. »Wenn wir in den nächsten Tagen zusammenarbeiten sollen, wäre es vielleicht gut, wenn ich dir erzähle, was vor vier Jahren passiert ist.«

»Ach, jetzt auf einmal?«

Ich ignoriere seine bissige Bemerkung. »Ich würde dir wirklich gern erklären, wieso ich damals wegmusste.«

Hinter der Bar klingelt das Telefon. Sergio nimmt ab und kommt kurz darauf wieder zu uns.

»Finn, die brauchen dich an der Fitness-Bar. Hast du Zeit, um im Spa-Bereich vorbeizuschauen?«

»Klar.«

»Soll ich sie wieder festbinden?«, fragt Sergio grinsend.

»Nicht nötig«, sage ich an beide Barkeeper gewandt und reiße eine Seite aus meinem Hotel-Notizblock. Professionelles Auftreten hin oder her, so herablassend muss ich mich von Finn nicht behandeln lassen. Wirklich nicht. Es ist ja nicht so, als hätte ich ihn damals vor dem Altar stehen lassen oder ihm gar all die Jahre eine Schwangerschaft verschwiegen. Finn macht absichtlich aus einer Mücke einen Elefanten. Okay, vielleicht hat unser Ursprungsproblem nicht die Größe einer Mücke. Ich würde sagen, es ist eher libellengroß. Aber bei dieser bühnenreifen Vorstellung einer Dramaqueen, die Finn hier gibt, werde ich keine Minute länger im Publikum sitzen. Mit dem blauen Kuli aus Christians Büro kritzele ich meine Zimmernummer auf das Blatt Papier. Ich schließe die verbleibende Distanz zwischen Finn und mir und fixiere ihn mit meinem Blick. »Ich wohne hier im Hotel. Zimmer 207. Falls du bis heute Abend erwachsen werden solltest, kannst du dort gern vorbeikommen und wir sprechen über das, was damals wirklich passiert ist.« Mit diesen Worten drücke ich ihm das Papier gegen die Brust. Verdutzt hält Finn das Blatt fest.

Ich kann seinen Blick in meinem Rücken spüren, als ich mit weit ausholenden Schritten die Bar verlasse.

# Kapitel 5

♡

Zum Glück ist wenig Verkehr auf der Strecke nach Rantum, denn ich habe Mühe, mich aufs Fahren zu konzentrieren. Immer und immer wieder spielt sich die Szene aus der Hotelbar in meinem Kopf ab. Dabei würde es sich lohnen, meine Konzentration zwischen der Straße und der Landschaft um mich herum aufzuteilen – und nicht zwischen dem Sylter Verkehr und einem ganz bestimmten Inselbewohner. Dass die Landstraße, die mich recht stur geradeaus von List nach Rantum führt, auf den ersten Kilometern von einer spannenden Dünenlandschaft umgeben ist, fällt mir alle paar Minuten eher zufällig auf. Sogar an einem Leuchtturm komme ich vorbei. Ich nehme mir vor, auf dem Rückweg ganz bewusst die Schönheiten der Insel in mich aufzunehmen. Vielleicht sogar ein, zwei Sightseeing-Abstecher zu machen. Sinje hat sicherlich Tipps für mich. Wenn ich mich richtig an unsere zurückliegenden Gespräche erinnere, wuchs sie auf der Insel auf.

Das ist es. Ich werde mich in den nächsten Stunden vollständig auf zwei Dinge fokussieren: Meinen Job und diese Insel, auf der ich ihn aktuell ausüben darf. Schließlich schwärmen unzählige Urlauber von Sylt. Da wird es doch zig Unternehmungen für mich geben, mit denen ich meine freie Zeit vollpacken kann. Ich werde dafür sorgen, dass ich gar keine Gelegenheit habe, mir über Finn Friedrichsen und sein merkwürdiges Verhalten den Kopf zu zerbrechen. So einfach ist das.

Die Ampel vor mir springt auf Grün. Entschlossen packe ich das Lenkrad und gebe Gas.

Als ich mein Auto in Rantum auf dem Parkplatz vor dem Gebäude abstelle, in dem sich Sinjes Catering-Unternehmen befindet, staune ich nicht schlecht. Die Straße, in der das lang gezogene Geschäftshaus liegt, ist nur auf einer Seite bebaut. Gegenüber geht der Blick ins Grüne. Weiter die Straße hinunter ist eine der üblichen Abgrenzungen zum Deich zu erkennen, wie es sie an der gesamten Nordsee gibt. Ein Gatter soll die Schafe davon abhalten, sich nach ihrer Mahlzeit in direkter Wassernähe auch noch anderswo gütlich zu tun. Dahinter führt ein schmaler, geteerter Weg direkt am Meer entlang. Das Wasser glitzert in der Sonne und das Blau des Wattenmeeres geht direkt in das Blau des Himmels über. Also wenn das ein Gewerbegebiet ist, wie Sinje es beschrieben hat, dann möchte ich hier auch ein Gewerbe anmelden.

Für einen Moment genieße ich die Aussicht und atme den Geruch des Salzwassers ein, dann mache ich mich mit einem letzten sehnsüchtigen Blick in Richtung Meer auf zum Eingang von *Inselliebe Catering*.

Ich drücke die Klingel neben dem Firmenschild und nur eine Sekunde später reißt eine rotblonde Frau mit unzähligen Sommersprossen auf ihrem leicht gebräunten Teint die Tür auf. Braune Augen lächeln mich verschmitzt an. Überrascht von der Energie, mit der die Mitarbeiterin die Tür geöffnet hat, mache ich einen Schritt zurück, kann aber nicht umhin, das einnehmende Lächeln zu erwidern.

»Hi, ich bin Charlie und habe einen Termin mit Sinje Peters.«

»Moin, Charlie. Ich bin Sinje. Schön, endlich ein Gesicht zur Stimme am Telefon zu haben.« Sie zögert einen Moment, dann umarmt sie mich. Da sage noch einer, die Norddeutschen seien unterkühlt.

Als habe sie meine Gedanken gelesen, sagt Sinje: »Entschuldige, meine Eltern machen immer Witze darüber, dass ich im Krankenhaus bestimmt mit dem Nachwuchs einer Urlauberin aus dem Rheinland oder so vertauscht wurde. Für jemanden aus dem Norden sei ich erstens zu redselig und zweitens zu sehr auf Umarmungen aus.«

»Danke für die herzliche Begrüßung«, erwidere ich lachend, dann deute ich zum Wasser. »Ist das die Nordsee, da am Ende der Straße?«

»Na, das Mittelmeer wird es wohl nicht sein.« Als ich mich zu Sinje drehe, wartet in ihrem Gesicht ein breites Grinsen auf mich.

»Haha«, mache ich, muss aber ebenfalls lachen. »Sorry für die dämliche Frage. Was ich eigentlich sagen wollte: Einen Wahnsinns-Standort hast du dir hier ausgesucht. Ich bin neidisch. Und das will etwas heißen, denn mein Büro hat Moselblick und in den letzten Wochen habe ich jedem damit in den Ohren gelegen, wie toll es ist, bei der Arbeit immer mal wieder aufs Wasser schauen zu können. Aber das hier …«, ich zeige abermals in Richtung Wattenmeer, »… ist eine andere Liga.«

»Wir sind auch sehr froh, dass wir die Räume mieten konnten. Nicht nur die Lage, sondern auch die Aufteilung und Ausstattung sind perfekt für uns. Wir mussten nur wenig umbauen.« Sie macht mir Platz, damit ich eintreten kann. »Komm mit, ich zeig dir alles.«

Wir stehen in einem kleinen Empfangsbereich, dessen linke Seite von einem Tresen dominiert wird, der mit Treibholz verkleidet ist. Gegenüber gibt es eine kleine Sitzecke mit blau-weiß gestreiften Sofas und jeder Menge gerahmter Schwarz-Weiß-Fotos an den Wänden, die Dünen, Meer und Heidelandschaften zeigen. »Tolle Deko«, sage ich und sehe mir die Bilder genauer an. »Du bist hier aufgewachsen, oder?«

»Ein echtes Inselkind«, bestätigt Sinje.

Auch Finn ist auf Sylt groß geworden. Ich weiß noch, wie überrascht ich war, als er mir erzählte, woher er stammt. Eine Insel als Heimatort kommt bei uns Deutschen ja nicht besonders häufig vor. Wenn ich mir die beeindruckenden Fotos so ansehe, ist es kein Wunder, dass er hierher zurückgekehrt ist, als er vom Crewleben die Nase voll hatte.

Falls das überhaupt der Grund dafür war, seiner Karriere auf dem Kreuzfahrtschiff Adieu zu sagen. Gerne würde ich erfahren, welche Wege er in den letzten Jahren genommen hat. Aber so wie die Dinge zwischen uns liegen, wird er mir in absehbarer Zeit kaum private Fragen beantworten.

Jahrelang habe ich darüber fantasiert, wie es wohl wäre, Finn wiederzusehen. Anzuknüpfen an damals. Auszutesten, ob wir als Paar etwas taugen. Und dann passiert dieses Wiedersehen tatsächlich. Nur leider zum ungünstigsten Zeitpunkt.

»Ist alles okay bei dir?«

Ich muss völlig in Gedanken versunken gewesen sein, denn ich habe nicht bemerkt, dass Sinje neben mich getreten ist.

»Klar, wieso fragst du?«

Skeptisch sieht sie mich von der Seite an. »Wir treffen uns zwar heute zum ersten Mal persönlich, aber am Telefon hast du immer so fokussiert gewirkt. Heute kommst du mir ein wenig abgelenkt vor.«

Wenn schon jemand, der mich nicht gut kennt, diesen Eindruck gewinnt, dann muss an der Beobachtung echt was dran sein. Reiß dich verdammt noch mal zusammen, Charlotte. Hier steht viel zu viel auf dem Spiel.

Durch eine Tür mit der Aufschrift ›Nur für Küchenhelden‹ folge ich Sinje nach nebenan. Wir betreten einen bis zur Decke weiß gekachelten Raum, der an beiden Enden je eine Profiküche beherbergt. Dazwischen sind zwei riesige Arbeitsflächen installiert und auch an den Längswänden sind schmalere Versionen davon angebracht. Drei Türen gehen in danebenliegende Räume ab.

Unter den Arbeitsflächen scheinen sich Küchenschränke zu befinden, die Stauraum bieten. Edelstahl, so weit das Auge reicht. Sämtliche Oberflächen bestehen aus dem Material, das in Industrieküchen aus Hygienegründen vorgeschrieben ist.

»Nicht schön«, kommentiert Sinje. »Aber praktisch.«

Das kann ich mir vorstellen. Hier lassen sich unzählige Gerichte auf Tellern oder Tabletts, in Dessertgläsern oder Bambusschälchen anrichten, bevor sie zur jeweiligen Festlichkeit geliefert werden.

Heute ist alles fein säuberlich aufgeräumt. Bei meinem Besuch morgen wird es in dieser Profiküche bestimmt anders zugehen.

»Weißt du schon, wann ich morgen vorbeikommen soll, um die Gerichte zu probieren?«

»Am späten Vormittag wäre perfekt. Dann habe ich die Suppen und die Desserts fertig. Bevor ich die Beispielteller für die weiteren Vorspeisen und Hauptgerichte arrangiere, nach denen wir dann am Abend die jeweiligen Teller für die Gäste anrichten, kannst du alle übrigen Komponenten jedes einzelnen Gangs probieren. Ich koche immer kleine Portionen vorab von allem, auch von den Bestandteilen, die wir beim Probeessen à la minute zubereiten.«

Ich mache einen entsprechenden Eintrag in meinen Kalender. »Alles klar, ist notiert. Hat sich am Menü kurzfristig noch etwas geändert?«, stelle ich meine wichtigste Frage. Falls es Änderungen gibt, würde ich jede Wette eingehen, dass die Brautmutter des Grauens dabei ihre Hände im Spiel hatte.

Zu meiner Erleichterung schüttelt Sinje den Kopf. »Nein, das eigentliche Menü steht nach wie vor, nur bei den Sonderwünschen hat sich ein bisschen was getan.

Nimm doch draußen auf einem der Sofas Platz, da ist es gemütlicher als hier in der Küche. Ich bin gleich bei dir.« Sie geht zu einer Siebträger-Kaffeemaschine und macht sich mit den Fertigkeiten einer Barista daran zu schaffen. »Möchtest du einen Kaffee oder etwas anderes zu trinken?«

»Ein Cappuccino wäre toll.«

Ich gehe zurück in den Empfangsbereich und lasse mich auf das Sofa sinken, das mir aus dem Fenster einen Blick aufs Meer bietet. Auf dem Couchtisch aus hellem Holz breite ich mein Notizbuch und die Ausdrucke mit der Menüfolge aus.

Sobald Sinje zwei Cappuccinos vor uns abgestellt und selbst Platz genommen hat, sind wir beide im Arbeitsmodus.

»Es bleibt also bei der Sylter Bouillabaisse mit Croûtons, dem Salzwiesenlamm und der Dessertvariation aus Tote Tante Parfait mit Friesenkekscrunch und einer Pannacotta auf Sanddornspiegel. Richtig?«, fasse ich das Menü für Fleisch- und Fischesser zusammen.

Sinje nickt. »Genau. Wobei morgen Abend beim Probeessen noch entschieden werden soll, ob es nicht doch eine traditionelle Krabbensuppe zur Vorspeise gibt.«

Ich blättere in meinen Notizen. »Stimmt, das hast du mir per E-Mail geschrieben.«

»Für die Vegetarier haben wir ein Rote-Bete-Carpaccio mit Sylter Ziegenkäse und Walnüssen geplant. Gefolgt von Polenta-Talern mit sautiertem Blattspinat und Champignons. Das Dessert vom Hauptmenü behalten wir bei.«

»Wunderbar, keine Änderungen bisher, ich bin begeistert. Auf Basis deiner Informationen zu den

Komponenten jedes Gangs habe ich eine Weinauswahl zusammengestellt, die hoffentlich optimal passt.«

»Freu dich nicht zu früh.« Sinje legt einen handgeschriebenen Zettel zu den Ausdrucken der Menüfolge. »Von den sechs Gästen, die bisher vegetarisch essen wollten, haben zwei mitgeteilt, dass sie doch lieber ein veganes Menü möchten. Nico hat heute früh angerufen, um mir das durchzugeben.«

»Ganz schön kurzfristig. Ich gehe davon aus, Frau von Hagen senior besteht darauf, beim Probeessen auch das vegane Menü zu kosten?«

»Damit liegst du goldrichtig. Aber ich habe mir schon Gedanken gemacht.« Sie nimmt ihren Zettel zur Hand. »Beim Rote-Bete-Carpaccio lasse ich den Ziegenkäse weg und serviere stattdessen einen Feldsalat mit Äpfeln aus dem Alten Land und Balsamico-Himbeer-Dressing. Die Polenta-Taler werden leider erst durch eine großzügige Menge Parmesan so richtig lecker, deshalb ersetze ich sie durch Auberginen-Röllchen mit Quinoa-Füllung.« Mit einem Leuchten in den Augen sieht mich Sinje an, dann spitzt sie ihre Lippen. »Das Dessert hat mir echtes Kopfzerbrechen bereitet, aber ich habe vorhin ausprobiert, wie ich einen Friesenkeks ohne Butter backen kann – und es hat besser funktioniert als erwartet. Jetzt gibt es also eine vegane Pannacotta aus Kokosmilch auf Sanddornspiegel mit Friesenkekscrunch.«

»Klingt raffiniert.« Im Geiste gehe ich die Weine in meinem Kofferraum durch. »Glücklicherweise habe ich auch veganen Wein eingepackt.«

»Das ist doch gut. Wieso schaust du dann so besorgt? Wobei mir der Begriff veganer Wein auch Sorge macht.« Die Cateringchefin kichert. »Was soll das eigentlich heißen? Verarbeiten die sonst die Weinbergschnecken, oder warum ist ›normaler Wein‹«, mit Zeige- und Mittelfinger malt sie Gänsefüßchen in die Luft, »nicht vegan?«

Ihre Frage bringt mich zum Lachen. »Also bei unseren eigenen Weinen sind keine Weinbergschnecken als Gratiszugabe enthalten. Wir lesen die Trauben mit der Hand. Was bei der Konkurrenz, die mit Vollerntern arbeitet, so alles in der Kelter landet, kann ich nicht sagen«, scherze ich. »Aber im Ernst, um Schnecken geht es weniger. Eiklar oder Gelatine sind übliche Mittel, die Winzer nutzen, um den Wein zu klären. Beides sind tierische Produkte und somit nicht vegan – auch wenn davon kaum etwas im Wein selbst zurückbleibt.«

»Verstehe.« Sinje kräuselt ihre Nase. »Trotzdem wundere ich mich wahrscheinlich auch beim nächsten Mal wieder, wenn ich das auf einem Etikett oder in einer Weinkarte lese.«

Schmunzelnd denke ich weiter über mein Sortiment nach. Bei meiner Champagnerauswahl bin ich mir nicht sicher, ob auch vegane Sorten dabei sind. »Falls sich in meinem Vorrat für das Probeessen kein veganer Champagner findet, kann ich doch bestimmt einen auf der Insel auftreiben, oder?«

»Klar. Die Hautevolee, die hier Urlaub macht, hat ständig ausgefallene Wünsche. Ich schreib dir gleich ein paar Weinhändler auf.«

Ich zücke mein Smartphone und rufe die Notizenapp auf. »Vor meiner Abreise habe ich ein wenig recherchiert und wollte im Anschluss an unseren Termin noch bei zwei Weinhändlern hier in Rantum vorbeischauen.« Sinje gibt mir ein Daumen-hoch-Zeichen, als ich ihr die beiden Namen nenne. »Falls die etwas Passendes im Sortiment haben sollten, decke ich mich dort mit veganem Champagner ein.«

»Perfekt. Dann hätten wir das auch geklärt.« Sie schaut auf den Ausdruck mit der Menüfolge. »Bleibt nur noch das Thema Käse. Da können sich die beiden Turteltauben nämlich partout nicht entscheiden.«

Ich lache. »Ja, die beiden sind echte Käsefans.« Bei unseren gemeinsamen Weinproben waren sie immer ganz begeistert, wenn dort Käsesorten gereicht wurden, die sie noch nicht kannten.

»Bisher sind viel zu viele Sorten im Rennen. Das würde die Gäste vermutlich überfordern. Außerdem hätten wir im Anschluss an die Feier Reste von jedem Käse, die dann wieder keiner mitnehmen will, weil Käse ja riecht. Dann müssen wir sie wegwerfen – und das wiederum kann ich nicht leiden. Also hab ich die zwei dazu verdonnert, sich morgen zu entscheiden.«

»Hast du eine Übersicht zu den Käsen, zwischen denen sie wählen?«, frage ich nach.

Wir gehen die vierzehn Sorten durch und ich schreibe auf, welche Weine und Dessertweine ich zu welchem Käse empfehlen würde.

»Okay. Damit haben wir alles besprochen, oder?«

Nahezu zeitgleich stehen Sinje und ich auf.

»Danke fürs Vorbeikommen. Es hat mich gefreut, dich persönlich kennenzulernen.« Die herzliche Nordfriesin umarmt mich zum Abschied.

»Mich ebenfalls! Ich freu mich schon auf morgen, wenn ich alles probieren darf.«

Gut gelaunt mache ich mich auf zum ersten Weindepot gleich um die Ecke. Ha, nimm das, Finn Friedrichsen. Eine Stunde und zweiundzwanzig Minuten keinen Gedanken an dich verschwendet.

# Kapitel 6

♡

Die leichte Malznote des Sahnekaramells verbindet sich auf meiner Zunge ganz hervorragend mit den Aromen von Bitterschokolade und der kühlen Würze des Malbec, dem ich heute Nachmittag nicht widerstehen konnte. Nach meinem Besuch bei Sinje wollte ich eigentlich nur eben schnell durch die zwei Weinläden schlendern und nach veganem Champagner Ausschau halten – was sich allerdings zu einem mehrstündigen Aufenthalt in Rantum ausgedehnt hat. Leider lauerte auf dem Rückweg zum Auto dann auch noch ein zauberhafter Shop mit hausgemachten Süßigkeiten, an dem ich nicht vorbeigehen konnte.

Zur Strafe darf ich mich jetzt auf nächtliches Sodbrennen einstellen, denn ich übertreibe es womöglich gerade mit den abwechselnden Kostproben von Rotwein und Naschwerk.

Morgen muss ich unbedingt daran denken, Sinje nach ihren Geheimtipps für die Insel zu fragen. Mir bleibt zwar nicht mehr viel Zeit, aber vielleicht schaffe ich es, noch eine weitere Facette von Sylt kennenzulernen.

Als ich mir noch ein Karamellbonbon in den Mund schieben will, klingelt das Telefon auf dem Nachttisch, was mich mächtig zusammenzucken lässt. Ich schaue auf die Uhr. Es ist kurz vor zehn. Eine ungewöhnlich späte Zeit für einen Anruf – selbst für Frau von Hagen. Vom Schreibtisch schnappe ich mir mein Notizbuch und einen Stift – allzeit bereit, die neueste Idee der Brautmutter des Grauens zu notieren.

»Charlotte Krämer. Einen schönen guten Abend.«

»Hier ist Finn.«

Finn? Einen Moment lang bin ich überfordert.

»Meldest du dich immer so förmlich?« Eine Art Schnauben, das in meinen Ohren recht herablassend klingt, kommt aus dem Hörer. Bevor ich etwas erwidern kann, redet er schon weiter. »Sorry, meinen blöden Kommentar kannst du direkt streichen. Es geht mich überhaupt nichts an, wie du dich an einem Hoteltelefon meldest. Ich …« Er räuspert sich leise. »Ich möchte mich für heute Vormittag entschuldigen.«

»Das ist …« Weiter komme ich nicht.

»Es gibt nichts zu klären zwischen uns. Was passiert ist, ist passiert. Die Vergangenheit können wir nicht ändern.« Er hört sich an, als lese er Kalendersprüche ab. Sein Anruf wirkt einstudiert. »Wir sind beide Profis und genau darauf werden wir uns konzentrieren. Wir machen in den nächsten Tagen einfach unseren Job. Okay?« Er stellt zwar eine Frage, lässt mich aber nicht zu Wort kommen. »Gut, so machen wir das. Ich bin morgen ab halb elf in der Bar. Bis dann.«

Zack. Er hat aufgelegt. Etwas benommen starre ich den Telefonhörer in meiner Hand an. Hat er mich etwa für morgen zu sich zitiert? Oder was sollte sein ›ich bin ab halb elf in der Bar‹ bedeuten? Ratlos lege ich den Hörer auf und schenke mir einen kräftigen Schluck von dem Malbec nach.

Zwischen uns gibt es nichts zu klären? Dass ich nicht lache.

Mit seinem merkwürdigen Anruf hat Finn es geschafft, sich noch stärker in meinen Gedanken festzusetzen, als dies eh schon der Fall war. Gegen vier Uhr morgens schaffe ich es endlich, etwas Schlaf zu finden. Dieser wird zwei Stunden später durch heftiges Gezeter vor meiner offenen Balkontür gestört. Obwohl ich völlig groggy bin, begreife ich schnell, dass es nicht meine Zimmernachbarn sind, die da streiten. Es ist eine Gruppe Möwen, die wohl unterhalb meines Balkons etwas Essbares entdeckt hat.

Ich drehe mich von der Fensterfront weg und ziehe mir die Decke über den Kopf. Am liebsten würde ich mich für den Rest des Tages im Bett verkriechen. Beim Gedanken daran, Zeit mit Finn zu verbringen, führen sich sowohl mein Herz als auch mein Bauch so auf, als säßen sie im ersten Wagen bei einer Achterbahnfahrt. Mein Herz hat Sehnsucht nach dem Mann, der es vor Jahren im Sturm eroberte, während mein Bauch befürchtet, dass wir uns streiten werden wie die Möwen vor meinem Fenster, sobald wir uns im selben Raum aufhalten.

Nach einer Stunde ruhelosen Herumwälzens stoppt mein Verstand die wilden Loopings von Herz und Bauch.

Auch wenn ich Finn nicht abnehme, was er gestern Abend am Telefon faselte, hat er nicht unrecht mit seiner Behauptung, wir seien beide Profis. Ich muss hier in erster Linie mein Geschäft und meine zukünftigen Aufträge schützen. Ein kompetentes, professionelles Auftreten ist der Schlüssel dazu. Weder von einer Brautmutter des Grauens noch von Finn Friedrichsen werde ich mich aus dem Konzept bringen lassen.

Beherzt tapse ich vom Bett zum Schreibtisch und spreche einige der Fragen, die rund um das Konzept der Hotelbar zu klären sind, in die Notizenapp meines Handys.

Gut vorbereitet auf mein zweites Zusammentreffen mit dem Barchef, sitze ich einige Zeit später im Hotelrestaurant. Die Auswahl am Buffet ist genau nach meinem Geschmack. Alles frisch zubereitet, die Croissants und Brötchen noch warm. Honig, Marmeladen, Käse und Eier von der Insel. Dennoch bringe ich kaum etwas hinunter. Nervös rühre ich in meinem Milchkaffee, der mir stilecht in einer großen Schale serviert wurde.

Immer wieder geht mein Blick zur Zeitanzeige auf meinem Handydisplay. 10.23 Uhr. Viel länger kann ich mich wohl nicht davor drücken, nach nebenan zu gehen. Zwei Minuten vor halb elf betrete ich die Hotelbar. Um elf Uhr öffnet sie offiziell. Wir haben also eine halbe Stunde, bevor sich Finn neben unserer Arbeit am Barkonzept auch noch um Gäste kümmern muss. Dreißig Minuten klingen doch machbar. Ich hoffe, dass es Punkt elf einen großen Gästeansturm gibt und Finn dann leider gar keine Zeit mehr hat, mit mir darüber zu diskutieren, dass wir mit einer cleveren Auswahl von Sake-Sorten einige andere Spirituosen in seinem Angebot ersetzen könnten.

Sollten sich in spätestens einer Stunde keine Gäste in der Bar tummeln, habe ich zum Glück noch den Auftrag für die Hochzeit, der mir eine gute Ausrede bietet, nicht so viel Zeit hier im Hotel verbringen zu können.

In einer sehr aufrechten Haltung und mit festen Schritten betrete ich den Barbereich. Finn werkelt bereits hinter dem Tresen. Das Geräusch meiner Absätze auf dem Parkettboden lässt ihn aufsehen.

»Deine Haare sind kürzer«, ist der erste Satz, der aus seinem Mund kommt.

»Und deine sind länger«, kontere ich.

Wir mustern uns eine Zeit lang wortlos. Es ist merkwürdig, Finn nach all den Jahren wieder in meiner unmittelbaren Nähe zu haben. Einerseits kommt es mir vor, als wäre gar nicht viel Zeit vergangen. Andererseits fühlt es sich so an, als würden Millionen von Jahren zwischen uns liegen. Ob ihm ähnliche Gedanken durch den Kopf gehen, wenn er mich ansieht?

»Willst du einen Espresso? Oder etwas anderes zu trinken?«, macht Finn einen auf ›business as usual‹.

Er zieht seine Ansage von gestern also durch. Kein Problem. Das ist ganz in meinem Sinne. »Nein, danke.« Ich nehme Stift und Notizbuch aus meiner Tasche und setze mich auf einen der Barhocker. Mit meinem Kugelschreiber zeige ich auf die Reihen an Spirituosen und Sirups hinter Finn. »Wollen wir loslegen?«

Betont langsam schlendert Finn auf seiner Seite des Tresens am offenen Regal vorbei und fährt mit seinem

Zeigefinger an den Flaschen entlang. Als er auf meiner Höhe ankommt, stützt er beide Hände auf der Arbeitsfläche ab und beugt sich zu mir vor. »Dann erzähl doch mal, was dir an meinem Barkonzept nicht passt.«

Auf eine Ouvertüre dieser Art habe ich mich gedanklich vorbereitet. Ganz der Profi gehe ich auf solch eine unqualifizierte Bemerkung überhaupt nicht ein. Ich werfe einen schnellen Blick in meine Notizen und starte unser Arbeitsmeeting mit den Informationen, die ich vom Geschäftsführer bekommen habe.

»Christian sagte mir gestern, dass ihr eine kleine Karte mit einigen Standard-Drinks habt, die ihr unentschlossenen Gästen zur Orientierung gebt. Das eigentliche Konzept eurer Bar besteht jedoch darin, Cocktails oder Longdrinks auf die Stimmung und den Getränkegeschmack eines jeden Gastes abzustimmen.« Ich strecke mich auf meinem Barhocker und linse hinter den Tresen, dann zeige ich erneut auf die umfangreiche Flaschensammlung in dem an der Wand angebrachten Regal, das locker sechs Meter lang ist.

»Wenn ich mich hier so umsehe, benötigt ihr eine sehr große Auswahl an Spirituosen, Sirups, Säften, Bitters, Sodas, Obst, Kräutern und Co., um dieses stimmungsbasierte Konzept zu realisieren. Korrekt?«

Mit zusammengepressten Lippen und etwas, das stark an ein Augenrollen erinnert, gibt Finn ein kaum wahrnehmbares Nicken ab.

»Gut, okay. Da ihr ganz spontan neue Cocktails für die jeweiligen Gäste erfindet, hast du keine Möglichkeit, über euer Kassensystem zu tracken, was ihr wie häufig verkauft beziehungsweise welche Waren dafür eingesetzt wurden. Wie prüfst du in der Praxis, welche dieser individuellen Cocktails du vielleicht häufiger mixt als andere? Wie stellst du sicher, dass du immer die frischen Kräuter, Obst und andere verderblichen Produkte vorrätig hast, die du brauchst? Wie umfangreich ist euer Frischwarenlager?«

»Zugegeben, unser Konzept mit den individuellen Cocktails bringt mehr Aufwand mit sich, als wenn wir nach einer festen Karte ausschenken würden. Aber es liefert uns auch ungleich mehr Aufmerksamkeit und wiederkehrende Besucher. Wir sind ja keine hippe Bar mitten in der Hamburger Innenstadt mit jeder Menge Laufkundschaft am Abend, sondern Teil eines Fünf-Sterne-Hauses in einem kleinen Inselort. Einheimische verirren sich kaum zu uns und auch Gäste, die anderswo auf der Insel eine Unterkunft haben, fahren nicht extra am Abend auf einen Drink hier raus nach List. Außer es gibt etwas, für das es sich lohnt. Wir müssen mit unserem Angebot zum einen sicherstellen, dass unsere eigenen Hotelgäste die Bar besuchen, und zum anderen dafür sorgen, dass es sich herumspricht, dass wir etwas Außergewöhnliches bieten. Und das gelingt mit unseren auf Stimmung und Geschmack abgestimmten Cocktails wirklich super. Die Gäste haben Spaß daran, den extra für sie kreierten Drink in den sozialen Medien zu posten. Oder zumindest ihren Freunden ein Foto davon zu schicken. Meist denken wir uns ja auch noch einen witzigen Namen für den jeweiligen Drink aus. Manchmal zusammen mit dem Gast. Dann kommt der Vor- oder Nachname darin vor. Die Leute erzählen darüber. Das alles ist kostenlose Werbung für uns. Und die ist quasi unbezahlbar.« Nach seiner kleinen Ansprache nimmt er ein Geschirrtuch zur Hand und beginnt damit, Gläser zu polieren.

Ich mache mir Notizen zu dem, was er an Vorteilen aufgezählt hat, damit ich sie später parat habe, wenn ich meine Empfehlung ausarbeite. »Bei alldem, was du gesagt hast, bin ich komplett bei dir. Niemand hat davon gesprochen, euer Barkonzept zu ändern. Es geht darum, zu schauen, an welchen Stellen es vom Aufwand und den Kosten her effizienter gestaltet werden kann. Das ist alles.«

Finn atmet hörbar aus. »Sag mir doch noch mal, was mein Barkonzept mit dir als Wein-Beraterin zu tun hat?«

*Nicht provozieren lassen, Charlie. Bleib cool und professionell.* »Hm, wie wär's damit?« Ich setze ein süffisantes Lächeln auf, recke mein Kinn vor und stütze es auf meiner Hand ab. »Bis vergangene Woche habe ich den Geschäftsführer einer Frankfurter Bar beraten, die seit Jahren auf der Liste der 50 besten Bars der Welt vertreten ist.«

Diese Information sorgt dafür, dass Finn die nächste fiese Bemerkung, die ihm seinem Gesichtsausdruck nach schon auf der Zunge liegt, hinunterschluckt. Er weiß genau, von welcher Bar ich spreche. Was er nicht weiß, ist, dass es bei meiner Beratung ausschließlich um die Auswahl neuer Champagnersorten und zweier Premium-Sake ging – nicht um Optimierungen eines kompletten Barkonzepts.

Mit zusammengekniffenen Augen mustert er mich.

»Außerdem schließe ich in Kürze meine Ausbildung zur Sake-Sommelière ab.«

»Aha. Und was hat *das* mit unserem individuellen Konzept zu tun?«

»Eventuell hast du es vergessen, aber zum einen werdet ihr nach Eröffnung des neuen Fusion-Restaurants in *deiner* Bar auch Sake ausschenken, zum anderen hat Sake ein paar Vorteile, die dein individuelles Konzept betreffen. Dazu komme ich gleich noch.« Mit hochgezogenen Augenbrauen sehe ich ihm ins Gesicht. »Hast du im Moment sonst noch Fragen?«

Sein Mundwinkel zuckt, als zupfe ein Lächeln daran. Er schüttelt leicht den Kopf.

»Gut, machen wir weiter«, sage ich bestimmt und stelle meine nächste Frage. »Was macht ihr mit angebrochenen, verderblichen Waren? Mit Säften etwa? Habt ihr ein System, das sicherstellt, dass ihr diese rasch aufbraucht? Auch wenn es Sorten sind, die ihr normalerweise nicht so häufig verwendet?«

»Das haben wir im Griff.« Finn beschäftigt sich stur mit der Entfernung eines Wasserflecks auf einem Highball-Glas.

»Und wie?«, hake ich nach.

Dazu schweigt sich der Barchef aus, poliert nur weiterhin sein blödes Glas.

Sein abweisendes Verhalten kann ich mir nur damit erklären, dass er wegen meines Verschwindens vor vier Jahren wirklich extrem angefressen ist. Genau wie er habe ich nach meinem Schulabschluss eine Ausbildung zur Restaurantfachfrau gemacht. Meine Spezialisierung als Sommelière folgte später. Er weiß also, dass ich durchaus in der Lage bin, einzuschätzen, was dazu gehört, eine Bar wie diese über Jahre erfolgreich zu betreiben.

Unauffällig schiele ich auf mein Handydisplay. Erst 10.45 Uhr. Es hat keine Viertelstunde gedauert und wir haben uns bereits festgefahren. Wenn das so weitergeht, bleibt es sicherlich nicht bei den geplanten zwei Besuchen auf der Insel. Oder ich überrede Christian dazu, diesen Auftrag aus der Ferne abzuwickeln. In meinem Kopf hört sich das nach einer sehr verlockenden Idee an.

Stattdessen versuche ich zunächst, an meiner professionellen Rolle festzuhalten und Finn doch noch ein paar brauchbare Infos zu entlocken. »Wie häufig würdest du sagen, bestellt ein Gast einen bestimmten Cocktail, den er gerne trinkt und der nicht auf eurer kleinen Empfehlungskarte steht – und wie häufig lässt der Gast sich lieber mit einem auf seinen Geschmack abgestimmten Drink überraschen?«

Diesmal denkt Finn immerhin kurz über meine Frage nach. »Das Verhältnis ist etwa 20 zu 80, grob geschätzt.«

»Also der deutlich überwiegende Teil der Gäste lässt sich gern überraschen und zu neuen Geschmackserlebnissen verführen?«

»Wer kann es ihnen bei der charmanten Barmannschaft auch verdenken?«

Oho, eine humorvolle Bemerkung. Und das aus Finns Mund – während ich anwesend bin. Vielleicht bewegen wir uns langsam in eine professionell-freundschaftliche Richtung?

»Es wäre somit doch denkbar, auf einen Teil eurer Produkte zu verzichten und bei einer Bestellung mit der vorhandenen Auswahl – die vielleicht saisonal wechselt – zu improvisieren.«

»Nein.«

»Nein?«

»Wenn jemand in einem gehobenen Haus wie unserem zum Beispiel einen Portos Martini bestellt, dann erwartet er auch, dass er ihn bekommt.«

»Ich habe zwar keine Ahnung, aus was dieser Drink besteht, aber …«

»Armagnac, Oloroso, Kräuterlikör, weißer Schokosirup und Espresso.«

Mit offenem Mund starre ich den Mann hinter der Bar an. »Moment mal. Du willst mir doch nicht weismachen, dass du all das jederzeit vorrätig hast?«

»Doch, natürlich. Ich wiederhole es gerne für dich: Wir sind ein Fünf-Sterne-Hotel mit anspruchsvollen Gästen.«

»Das habe ich verstanden. Aber ich bleibe dabei: Anders als Bars mit einer umfangreichen festgelegten Karte habt ihr durch euer spezielles Konzept den großen Vorteil, dass ihr gar nicht immer alles vorrätig haben müsst.« Ich blättere in meinem Notizbuch. »Da Christian gern auch einige Sake-Sorten in euer Angebot aufnehmen möchte, würde euch das einen weiteren Vorteil verschaffen. Wenn wir bei der Auswahl smart vorgehen, hättet ihr aufgrund der vielfältigen Geschmacksnoten, welche die unterschiedliche Kategorien von Sake bieten, die Möglichkeit, diverse Sherry- und Ginsorten zu ersetzen.«

Finn legt sein Geschirrtuch zur Seite. Endlich. Als er sich dann jedoch mit vor der Brust verschränkten Armen vor mir aufbaut, habe ich so eine Ahnung, dass unsere Diskussion keine positive Wendung nehmen wird.

»Charlie.« Er hat eine undurchdringliche Miene aufgesetzt. »Mach gern deine Vorschläge für den Sake. Aber was danach damit geschieht, entscheide ich.« Seine Augen verengen sich. »Und ich kann dir versichern, dass deine Reiswein-Auswahl hier in *meiner* Bar weder einen guten Sherry noch diverse Gin-Sorten ersetzen wird.«

Ich schlucke. Unser Gespräch ist von einer sachlichen Diskussion so weit entfernt wie Sylt von Sansibar. Was Finn hier abzieht, ist eine Bestrafung für mich. Da er aber nicht über den Grund meines Weggangs vor vier Jahren sprechen möchte, werde ich einen Teufel tun, mich um 11 Uhr morgens in einer Hotelbar zu erklären. Wollen wir doch mal sehen, wer von uns beiden sich als der Sturere entpuppt. Ich rechne mir dabei durchaus gute Chancen aus.

Bevor wir uns weitere wertvolle Minuten meiner Zeit im Kreis drehen, packe ich meinen Stift und mein Notizbuch zurück in meine Handtasche.

Finn sieht mir erstaunt dabei zu.

In einer Art fröhlichem Singsang zwitschere ich: »Das hier ist nicht mein einziger Auftrag auf Sylt. Bis zu dem Probeessen heute Abend, das ich für ein Brautpaar betreue, habe ich noch unheimlich viel zu erledigen. Deshalb muss ich mich jetzt *leider* entschuldigen.« Das ›leider‹ betone ich so, dass selbst der gutmütigsten Person dieser Welt klar wäre, dass es mir überhaupt nicht leidtut, mich zu verdrücken.

»Probeessen?«, fragt er mit tonloser Stimme, nimmt erneut sein Geschirrtuch zur Hand und poliert weiter.

»Ja, das findet im Vorfeld einer Hochzeit statt und soll den Brautleuten Sicherheit bei der finalen Essens- und Weinauswahl geben.«

»Ich weiß, was ein Probeessen ist«, schnaubt er. »Das, für das du angeheuert wurdest, findet heute Abend statt?«

Skeptisch sehe ich ihn an. Was bezweckt er mit dieser Fragerei?

»Ich kümmere mich auch um die Betreuung der Hochzeit an sich, nicht nur um das Probeessen. Aber ja, das findet heute Abend statt.«

»Wie heißen die Brautleute?«, will er sofort wissen.

Was zum Teufel reitet ihn denn jetzt? »Dazu darf ich selbstverständlich keine Angaben machen.«

Finn hat die Augen geschlossen und legt stöhnend seinen Kopf in den Nacken. »Bei dem Glück, das ich in letzter Zeit habe, sind es Lena und Nico«, brummt er.

Mir fällt die Kinnlade herunter. »Woher weißt du …?«

Mit einem Grollen wirft Finn das Geschirrtuch auf die Arbeitsplatte und wendet sich ab. »War ja klar, dass ausgerechnet die Frau, die ich …«, höre ich ihn murmeln, bevor er sich selbst unterbricht. Mit einer Hand fährt er sich übers Gesicht und schüttelt dabei den Kopf. »Wunderbar. Dann haben wir in den Tagen bis zur Trauung wohl noch häufiger das Vergnügen.«

In der leisen Ahnung, dass er nicht nur über unsere aktuelle Zusammenarbeit – die besser ›Gegeneinanderarbeit‹ heißen sollte – spricht, frage ich: »Wie meinst du das?«

»Dreimal darfst du raten, wer die Cocktails für die Hochzeit entwickelt hat, die exakt auf den Geschmack von Braut und Bräutigam zugeschnitten sind? Und wer diese sowohl heute Abend als auch nächste Woche auf der Hochzeit ausschenkt?«

Großartig. Nach dieser Ankündigung bin ich mir sehr sicher, nur einen Rateversuch zu brauchen. Wenn ich eines bei diesen beiden vielversprechenden Aufträgen nicht brauchen kann, dann ist es Ablenkung. Und wie sich herausgestellt hat, ist Finn Friedrichsen die personifizierte Ablenkung.

Nach dieser Mitteilung brauche ich einen Moment, um mich zu sammeln. Ich gebe vor, einige Dinge in meiner Handtasche zu ordnen, während ich mich darum bemühe, einen Gesichtsausdruck aufzusetzen, der klar kommuniziert: *Ich* bin nicht die Person, die ein Problem mit unserer Zusammenarbeit hat.

»Keine Sorge. Du musst mich nur noch bis morgen früh ertragen. Ich reise nach dem Probeessen ab.«

Für eine Millisekunde huscht so etwas wie Enttäuschung über Finns Mimik, dann hat er sofort wieder sein Zahnpastawerbelächeln aufgelegt. »Umso besser«, sagt er und widmet sich dem Einsortieren von Saftflaschen in eine der Kühlschubladen unterhalb der Arbeitsfläche.

# Kapitel 7

♡

Zurück in meinem Hotelzimmer reiße ich die Balkontür auf und trete ans Geländer. Es würde so guttun, meine Wut hinauszuschreien, aber in diesem Haus habe ich mir bereits genügend peinliche Auftritte geleistet. Ein weiterer Fall von Ruhestörung wird sicherlich nicht zu meiner Weiterempfehlung durch Christian beitragen.

Christian. Das ist es. Ich führe mich auf, als sei Finn mein Auftraggeber.

Ha, weit gefehlt. Die einzigen Personen, deren Meinung mich interessieren sollte, sind Lena, Nico und Christian. Und vielleicht noch die Brautmutter des Grauens.

Finn Friedrichsen gehört ganz sicher nicht zu den Menschen, deren Meinung für mich relevant ist.

In meinem Kopf formt sich ein Plan. Vermutlich einer, der Finn nicht gefallen wird. Aber das ist egal. Es geht um mein Geschäft. Um meine Karriere. Um weitere Aufträge. Wenn Finn beleidigte Leberwurst spielen will, nur weil ich brauchbare Vorschläge habe, die in der Organisation der

Hotelbar Aufwand und Geld sparen, dann kann er das gerne die nächsten Jahre lang tun.

Ich atme einige weitere Male tief durch, dann gehe ich zurück ins Zimmer und hole meinen Laptop aus dem Safe. Sinje schicke ich eine Nachricht, dass es ein wenig später wird, bis ich zum Probieren vorbeikomme. Sie antwortet kurz darauf mit einem Daumen-hoch-Zeichen und einer Sprachnachricht, in der sie sehr gehetzt klingt. Aufgrund eines parallelen Auftrags, bei dem einiges schiefzugehen scheint, hängt sie im Zeitplan hinterher und ist ganz froh darüber, dass ich nicht pünktlich erscheine.

Vom Schreibtisch aus habe ich einen phänomenalen Blick übers Wattenmeer, was sich positiv auf mein Denkvermögen auszuwirken scheint. Bereits eine Stunde später sind meine erste Analyse und daraus resultierende Empfehlungen ausgearbeitet.

»Ah, da ist sie ja wieder, die große Beraterin.« Aus Finns Stimme trieft der Sarkasmus, als ich wenig später die Hotelbar betrete. Eine Sitzgruppe nahe der Fensterfront ist mit einem Paar besetzt, ansonsten sind wir allein.

»Dir auch einen wunderschönen guten Tag«, sage ich mit ordentlich Zuckerguss auf den Stimmbändern. Wenn ihm dies schon nicht gelingt, werde zumindest ich weiterhin eine freundliche und gleichzeitig professionelle Haltung an den Tag legen.

»Hier.« Ich schiebe ihm die zusammengehefteten Analysen und Empfehlungen über den Tresen, die mir eine Mitarbeiterin von Christian netterweise ausgedruckt hat.

»Was soll das sein?«

»Fünf Möglichkeiten, wie ihr insbesondere bei eurer Bevorratung wesentlich effizienter vorgehen könnt. Das Dokument liegt Christian bereits vor und ich habe ihm versichert, dass wir beide das durchsprechen würden, solange ich noch auf der Insel bin.«

»Du hast was?« Finn starrt mich an. »Ich glaub's einfach nicht …«

»Da ist ja mein Lieblingsbarkeeper!« Absatzklackern nähert sich von hinten. »Machst du mir einen von diesen Kombucha-Hibiskus-Wunderdingern, mit denen du mich in den letzten Tagen verwöhnt hast? Ich könnte schwören, dass meine Verdauung besser ist und meine Haut einen ganz besonderen Glow bekommen hat. Meinst du nicht auch?« Eine langhaarige Blondine, an der nicht nur die Fingernägel künstlich wirken, schiebt sich neben mich an die Bar. Es dauert, bis sie auf einem der Hocker die ideale Sitzposition gefunden hat. Immer wieder überkreuzt sie grazil ihre Beine, die in einer Lederleggings stecken. Dazu trägt sie ein sehr weit aufgeknöpftes Männerhemd und auffälligen Schmuck.

Mich würdigt sie keines Blickes. Ihre volle Aufmerksamkeit gilt dem Mann hinter der Bar.

Der hat sich an das Mixen ihres Kombucha-Irgendwas gemacht. »Kommt sofort, meine Hübsche.«

Blondie kichert. »Danke, Finn. Du bist der Beste!« Sie beugt ihren Oberkörper vor und gewährt ihrem Lieblingsbarkeeper einen tiefen Einblick … in ihre Seele.

Finn zwinkert ihr zu und wirft den Shaker mit ihrem Drink in die Luft. Schwungvoll dreht er sich einmal um die eigene Achse, bevor er ihn wieder fängt.

Kurz flackert sein Blick zu mir.

Ich könnte schwören, dass er diese Show absichtlich veranstaltet. Versucht er, mich eifersüchtig zu machen?

Die Dame an seinem Tresen applaudiert. »Ich hätte nichts dagegen, mich von dir auch mal ein wenig durch…«, sie leckt sich die Lippen, »ähm … durchschütteln zu lassen.«

Das nehme ich als mein Stichwort zum Rückzug. Ich werfe mir meine Tasche über die Schulter und wende mich zum Gehen.

»Dieses Gespräch ist noch nicht beendet«, raunt Finn mir zu, der plötzlich neben mir steht. Bevor ich etwas erwidern kann, ist er schon wieder hinter die Bar geschlüpft und gießt Blondies Kombucha-Kram in ein Martiniglas.

***

In Rantum treffe ich auf eine gestresste Sinje. In ihrer riesigen Küche wuseln heute bestimmt sechs weitere Personen umher.

»Schau mal da rüber.« Sie zeigt zur Küchenzeile am anderen Ende des großen Raums. »Dort findet der Zauber für Lena und Nico statt. Ich bin sofort bei dir.«

Aus den diversen Töpfen und Pfannen duftet es köstlich. Eine Kollegin von Sinje ist dabei, die Gerichte für das Probeessen auf Keramiktellern anzurichten, die handgearbeitet wirken. Ihre Glasur schimmert in unterschiedlichen Blautönen, die an die changierenden Farben des Meeres erinnern. Ein goldener Rand wurde so aufgebracht, dass er perfekt unperfekt aussieht.

»Die sind toll, oder?«, fragt Sinje hinter meinem Rücken.

»Ganz außergewöhnlich.« Ich drehe mich zu ihr um. »Passen wunderbar zu unserem Brautpaar – und zum Fest auf dieser Insel.«

Sinje wischt ihre Hände an der bodenlangen Schürze ab, die sie zu ihrer Kochjacke trägt, und deutet auf die Portionen, die ihre Mitarbeiterin bereits angerichtet hat. »Du kannst sofort loslegen mit dem Probieren. Ich hole eben noch die Weine, die du bei mir deponiert hast.« Schon halb am Gehen wendet sie ihren Kopf nochmals in meine Richtung. »Selbstverständlich haben wir die Rotweine ganz nach deinen Wünschen atmen lassen.«

Lachend folge ich ihr mit den Augen, bis sie in einem Nebenraum verschwunden ist, dann nehme ich auf dem kleinen Schemel Platz, der neben der Küchenzeile steht.

»Dass es köstlich war, steht außer Frage, aber ich bin auch sehr glücklich darüber, dass die Weine so gut mit den Bestandteilen und Gewürzen der einzelnen Gerichte harmonieren.« Mit gespielter Erleichterung wische ich mir über die Stirn. »Keine eiligen Noteinkäufe beim Weindepot um die Ecke notwendig.« Ich nehme mein Notizbuch und einen Stift zur Hand. »Einen der Rotweine und einen Dessertwein werde ich noch austauschen. Aber ansonsten sind wir damit perfekt vorbereitet für heute Abend.«

In Gedanken versunken kaut Sinje an ihrer Unterlippe.

»Was beschäftigt dich?« Sanft stupse ich sie an.

Auf ihrer Stirn hat sich eine Sorgenfalte gebildet. »Sag mal, fährst du von hier aus direkt nach Kampen oder erst zum Hotel zurück?«

»Die Weine und Champagner sind noch in Christians temperierten Lagerräumen. Ich wollte nicht, dass der Champagner noch mehr durchgeschüttelt wird, als es auf meiner Fahrt nach Sylt eh schon der Fall war. Das sind ja wahre Sensibelchen«, erkläre ich ihr. »Ich fahre also zurück nach List, lade dort alles in meine Kühlboxen und dann geht es weiter zum Haus von Lena und Nico in Kampen.«

Ihr Gesicht hellt sich etwas auf. »Würdest du mir einen Riesengefallen tun?«

Sie sieht mich bei ihrer Frage so flehentlich an, dass ich gar nicht anders kann, als »Klar!« zu sagen.

»Ich habe heute Abend zeitgleich zum Probeessen noch das Catering für einen sechzigsten Geburtstag und eine meiner Küchenhilfen ist krank. Wir sind also unterbesetzt. In den nächsten Stunden komme ich hier nicht weg.« Geräuschvoll atmet sie aus. »In dem Spa-Hotel in List, wo du übernachtest, gibt es einen Barkeeper – eigentlich ist er sogar der Barchef«, korrigiert sie sich selbst. »Jedenfalls wollte ich gemeinsam mit ihm eine Überraschung für das Brautpaar vorbereiten. Er kennt Lena seit Jahren und hat gemeinsam mit den Trauzeugen etwas ausgeheckt. Da die beiden Trauzeugen allerdings erst knapp vor dem Dinner heute Abend anreisen können, hat Finn – so heißt der Barmann – mich gebeten, ihm zu helfen.« Aus großen Rehaugen sieht sie mich an. »Und jetzt muss ich dich bitten, ihm zu helfen. Als Zweirad-Fan hat er nämlich kein Auto und ich dachte, wenn du eh den Wein in Kampen anlieferst, könntest du ihn, sein Cocktail-Equipment und die Deko mitnehmen. Außerdem wäre es prima, beim romantischen Dekorieren des Schlafzimmers jemanden dabeizuhaben, der einen Blick dafür hat.« Sie kichert.

Um nicht loszuschreien, schließe ich die Augen und zähle bis fünf. Irgendwelche höheren Mächte müssen sich gegen mich verschworen haben. Wer hat sich bloß ausgedacht, dass es eine gute Idee sein könnte, dass Finn und ich mehr Zeit als unbedingt notwendig miteinander verbringen. Ein undefinierbarer Laut entkommt mir, dann lache ich schallend los.

Sinje mustert mich mit einem verwirrten Gesichtsausdruck. »Alles okay mit dir?«

»Alles bestens«, japse ich und halte mir den Bauch.

»Gut«, sagt sie zögerlich. So ganz einordnen kann sie meinen kleinen Ausbruch immer noch nicht. »Wie gesagt, Finn ist der Barkeeper, der die Signature-Cocktails für die Hochzeit kreiert hat. Er hat heute die Tagschicht in der Bar neben dem Restaurant, in dem das Frühstück serviert wird.«

»Jep, kenne ich. Das Restaurant, die Bar und den Barchef. Finn, der alles besser weiß und besser kann und sich von mir schon mal gar nichts vorschreiben lässt«, äffe ich sein Verhalten von vorhin nach.

Sinje sieht erstaunt zu mir herüber.

»Sorry, ich will nicht über andere Dienstleister lästern. Wir sind bloß in den letzten Tagen wegen eines Auftrags aneinandergeraten, den mir der Geschäftsführer des Hotels erteilt hat.«

»Hm, das klingt nicht nach dem Finn, den ich kenne. Aber wir haben wohl alle mal einen schlechten Tag. Tut mir leid, dass ihr so einen blöden Einstand hattet.«

»Das, ähm, liegt vielleicht an unserer Vorgeschichte«, gebe ich zu. Wärme schießt in meine Wangen.

»Vorgeschichte?«, wiederholt sie interessiert.

»Wir …«, ich räuspere mich, »wir haben uns vor ein paar Jahren während der Arbeit auf einem Kreuzfahrtschiff kennengelernt.«

Noch immer ruht Sinjes nachdenklicher Blick auf mir, dann weiten sich ihre Augen plötzlich. »Heiliges Schietwedder, jetzt kapiere ich erst, wer du bist! Du bist Charlie. *Die* Charlie.«

»Was meinst du denn mit *die* Charlie?«

Jetzt ist es die Cateringchefin, die etwas nervös wirkt. »Ähm, also Finn hat immer mal wieder von dir gesprochen.«

»Finn hat über mich gesprochen? Du meinst vermutlich, dass er mir die Knochen verflucht hat.«

Sinjes Augenbrauen haben sich zusammengezogen. »Nein. Überhaupt nicht. Es klang eher so, als sei da etwas ganz Besonderes zwischen euch gewesen.«

»Das muss dann aber schon lange her sein, dass er so positiv über mich geredet hat.«

Mit ihren Fingern macht sie vor ihrem Mund eine Geste, als würde sie ein Schloss abschließen. »Ich hab schon viel zu viel gesagt.«

Finn hat mit Sinje über mich gesprochen. Dann scheinen sich die beiden gut zu kennen.

»Bist du mit Finn befreundet?«

»Schon seit dem Sandkasten. Wir sind zusammen aufgewachsen.«

Ein Versuch, ihr Details darüber zu entlocken, was Finn genau über mich gesagt hat, ist dann wohl zwecklos.

»Okay, dann mache mich auf den Weg.« Ich hebe meine Hand zum Abschied und mache einige Schritte auf die Tür zu, die in den Empfangsbereich führt.

»Warte!«, ruft Sinje und verschwindet in einem kleinen Lagerraum. »Du brauchst noch die Deko für Verliebte!« Sie überreicht mir einen mittelgroßen Karton, der allerdings wenig Gewicht hat.

Ach du Schande. Gemeinsam mit Finn ein Schlafzimmer romantisch dekorieren. Das könnte spannend werden. »Leg besser noch eine Flasche Rum dazu. Wenn ich mich ausreichend betäube, überstehe ich deinen Spezialauftrag vielleicht.«

***

Finn mache ich natürlich hinter dem Bartresen ausfindig, wo er gerade eine Damenrunde bezirzt. Die vier Ladys sind alle jenseits der fünfzig, blond gefärbt und sie haben sichtlich Spaß an den Darbietungen ihres Barmanns. Ihr Goldschmuck, der zusammengenommen sicher den Wert eines Einfamilienhauses hat, glänzt mit ihren Augen um die Wette. Vor ihnen geizt der Barmann ihres Herzens nämlich weder mit seinen Mix-Künsten noch mit seinem Charme – von dem er reichlich besitzt. Das weiß ich aus unserer gemeinsamen Zeit vor vier Jahren. Würde ich ihn nur aus den letzten Tagen kennen, hätte ich eher den

Eindruck gewonnen, Finn wäre mit der positiven Ausstrahlung eines Grizzlys gesegnet. So aber weiß ich, dass er diese ganz besonders liebenswürdige Seite nur in meiner Gegenwart zeigt.

So auch jetzt. Die Damen an seiner Bar erfreut er mit seinem Zahnpastawerbelächeln. Sobald er mich erblickt, verdunkelt sich seine Miene.

Nachdem er jeder der Damen einen Drink serviert hat, kommt er zum Ende der Bar, wo ich an den Tresen gelehnt auf ihn warte. »Sinje hat mich gebeten …«, beginne ich.

»Ich weiß schon Bescheid«, winkt er ab. »Sie hat mir eine Nachricht geschickt.«

»Können wir dann los?« Ich nehme meine Tasche vom Barhocker, in der sich neben meinen Notizen das Outfit und meine Schuhe für heute Abend befinden. So kann ich mich komplett auf die Vorbereitungen und die Deko-Mission konzentrieren, ohne vor dem Essen nochmals ins Hotel zurückhetzen zu müssen. »Falls du dich noch umziehen willst, beeil dich bitte. Ich hab die Kühlboxen mit dem Wein im Auto. Je früher sie in eine temperaturoptimale Lagerung vor Ort kommen, desto besser.«

Finn nickt stumm und macht ein paar Schritte auf die Tür zu, die sich am anderen Ende der Bar befindet und mit ›Personal‹ beschriftet ist.

Die Damen haben gewittert, dass sich ihr Bartender aus dem Staub machen will. »Keine Chance, junger Mann«, ruft eine von ihnen mit lauter Stimme. »Wir lassen Sie hier nicht weg, bevor Sie nicht Ihr Versprechen eingelöst haben!«

Finns Augen schnellen zu mir. Sein Mund klappt auf, aber ich halte meine Hand hoch. »Ich will gar nicht wissen, was du den Ladys versprochen hast. Mein einziges Interesse besteht darin, heute Abend optimal temperierte Weine zu den einzelnen Gängen zu reichen.«

Hinter Finns Stirn arbeitet es. »In Ordnung«, sagt er schließlich. »Dann fahr du schon vor. Die Adresse hast du?«

Ich nicke.

Er gibt mir ein Handzeichen, dass ich kurz warten soll, und öffnet einen Schrank unterhalb der Arbeitsfläche. Zwei Kunststoffboxen kommen zum Vorschein. Sie sind mit einem Deckel verschlossen.

»Den Schlüssel für das Haus von Lena und Nico bekommst du bei Lenas Onkel Henry im Haus nebenan.« Er drückt mir die zwei aufeinandergestapelten Boxen in die Hand. »Das ist mein Equipment für heute Abend. Ist leider zu viel, um es mit meinem Bike zu transportieren. Schaffst du das?«

Die Kisten haben ganz schön Gewicht. »Klar.« Meine Stimme klingt etwas gepresst. »Bis gleich.«

# Kapitel 8

♡

»Ist das hier überhaupt noch Kampen?«, murmle ich, während mein Auto über eine Straße hoppelt, die ich bestenfalls als etwas breiteren Feldweg beschreiben würde. Zum wiederholten Male checke ich das Navi, das stur und fest behauptet, ich sei hier richtig – auf einem ungepflasterten Weg, der zu beiden Seiten von einem kleinen Streifen Gras und verwilderten Büschen gesäumt ist. Gilt Kampen nicht als teuerstes Dorf Deutschlands? Eine ungeteerte Straße hätte ich hier nicht vermutet. Erneut schiele ich zum Navigationsgerät. Laut Anzeige bin ich nicht mehr weit von meinem Zielort entfernt.

Langsam nehme ich eine Kurve und es kommen tatsächlich zwei Häuser in Sicht. Beide sind reetgedeckt, wobei eines der Dächer stark bemoost ist, während das andere neu aussieht. Das Schilf ist noch ganz hell und akkurat gestutzt. »Sie haben Ihr Ziel erreicht«, verkündet die Stimme aus dem Navi. Vor dem Haus mit der Nummer 21 stelle ich den Wagen ab und steige aus. Haben die zwei Anwesen bis eben noch sehr ähnlich gewirkt – die Fassaden beider Häuser sind weiß getüncht, es gibt Sprossenfenster und wild blühende Gärten hinter halbhohen Mauern aus rundlichen Steinen –, so werden aus der Nähe die Unterschiede sichtbar. Nummer 21 bezaubert mit seiner Patina, die vom moosbedeckten Dach bis hin zur historischen Eingangstür reicht, die, typisch friesisch, zweigeteilt ist. Das Nachbarhaus strahlt trotz seiner alten Bausubstanz Modernität aus. Sprossenfenster und Haustür sind zwar ebenfalls aus Holz, haben aber durch ihre matte taubenblaue Farbe einen sehr zeitgemäßen Look. Die Gartentür ist im gleichen Farbton gestrichen. Dahinter führt ein heller Kiesweg zum Haus und zu einem halbrund gepflasterten Bereich, auf dem zwei Acapulco-Sessel aus Korbgeflecht stehen. Weg und Terrasse sind von blühendem Lavendel umrahmt, was einen Hauch Provence in diesen nordfriesischen Vorgarten bringt. Ich bin sehr gespannt darauf, was das kernsanierte Haus von Lena und Nico im Inneren wohl noch an schönem Design verbirgt.

Zunächst durchquere ich allerdings den naturbelassenen und wundervoll duftenden Vorgarten des kleineren Nachbarhauses. Für einen Moment sauge ich mit geschlossenen Augen das Aroma der Blüten auf, bevor ich die kupferne Türklingel drücke.

Es gibt ja Menschen, die einen bereits beim ersten Aufeinandertreffen in ihren Bann ziehen. Ein Mann mit genau dieser Fähigkeit hat mir gerade die Tür geöffnet. Trotz grauer Haare und einem Dreitagebart in der gleichen Farbe hat er eine jungenhafte Ausstrahlung – was an seinem extrem lässigen Outfit liegen könnte. Zu einer karierten Anzughose in dezenten Brauntönen trägt er eine Weste aus dem gleichen Stoff und darunter ein schwarzes

Hemd. Seine Füße stecken in cognacfarbenen Lederschuhen, die glänzen, als habe er sie erst vor wenigen Minuten poliert. Seine dunklen Augen und sein Lächeln sind so einnehmend, dass ich für einen Moment vergesse, wieso ich eigentlich hier bin.

Erst als er fragend den Kopf zur Seite neigt, purzeln endlich ein paar Worte aus meinem Mund. »Hallo.« Unnötigerweise winke ich dabei mit einer Hand. »Mein Name ich Charlotte Krämer. Ich kümmere mich um die Weinauswahl für die Hochzeit von Lena und Nico – und heute ausnahmsweise auch um eine kleine Überraschung für das Brautpaar. Sind Sie Henry?«

»Moin.« Sein Lächeln vertieft sich. »Kannst ruhig Du sagen. Wir sind hier nicht so förmlich.«

Sofort bin ich weniger nervös. »Okay, sehr gern. Ich bin Charlie.« Ich halte ihm meine Hand hin, die er mit einem angenehmen Druck ergreift.

»Henry. Komm rein.« Er macht mir Platz, damit ich an ihm vorbei ins Haus gehen kann. Von einer kleinen Konsole im Flur nimmt er einen metallenen Ring, an dem zwei Schlüssel befestigt sind. »Hier, damit ich es nicht vergesse«, sagt er und drückt mir den kleinen Schlüsselbund in die Hand. »Die sind für das Haus nebenan.«

»Vielen Dank.« Ich stecke die Schlüssel in meine Hosentasche.

Henry lotst mich in seine Küche. »Meine Schwester hat dich also noch nicht in die Flucht geschlagen? Ich bin beeindruckt.«

Die etwas spezielle Art der Brautmutter scheint auch in Familienkreisen Thema zu sein. Bei diesem Gedanken schmunzle ich in mich hinein. Nach außen hin muss ich natürlich die beflissene Dienstleisterin mimen, die über die Mutter ihrer Auftraggeberin kein böses Wort verliert – auch dann nicht, wenn ihr ganz viele davon auf der Zunge liegen. »Frau von Hagen hat ein paar spannende Ideen eingebracht«, sage ich vorsichtig, was von Henry mit einem Lachen quittiert wird.

»Soso.«

Ich sehe mich um. Ein kleiner Essbereich trennt Küche und Wohnzimmer. Von dort aus führen zwei Flügeltüren in den Garten.

Henry folgt meinem Blick. »Hier im Garten soll das Essen nach der freien Trauung stattfinden. Die Zeremonie selbst wird sich im Garten meiner Nichte abspielen. Aber das weißt du vermutlich bereits.«

»Ja, das haben mir Lena und Nico so weit beschrieben. Das Probeessen findet heute aber komplett im Nachbarhaus statt, richtig?«, versichere ich mich. Nicht, dass ich die Vorbereitungen gleich im falschen Haus treffe.

»Ganz genau.«

Lenas Onkel zeigt mir seinen Kühlschrank. »In der Küche von Lena findest du einen extra Weinkühlschrank. Sollte der nicht ausreichen, kannst du gern auch meinen benutzen. Ist allerdings ein stinknormaler Kühlschrank, der schon ein paar Jährchen auf dem Buckel hat.«

»Danke für das nette Angebot. Ich schaue gleich mal, welche Flaschen ich wo am besten unterbringen kann.«

»Brauchst du Hilfe beim Ausladen?«

»Nein, das wird nicht nötig sein. Heute Abend sind es ja nicht viele Gäste. Da habe ich keine Unmengen an

Alkohol im Gepäck. Und bei den Überraschungs-Dekosachen und seinen Cocktail-Utensilien kann Finn mir gleich helfen. Der müsste bald hier sein.«

Henrys Augen gleiten über mein Gesicht. Eindringlich mustert er mich. »Das klingt nicht so, als würdest du dich freuen, dass dieser Finn dir hilft.«

»Er ist nicht gut auf mich zu sprechen, das macht eine Zusammenarbeit etwas anstrengend.« Nervös lache ich auf. Warum zum Teufel erzähle ich dem Onkel meiner Auftraggeberin davon? In Gedanken verpasse ich mir selbst eine Kopfnuss.

»Meiner Erfahrung nach hilft es, die Dinge ganz offen anzusprechen. Oftmals lassen sich Konflikte unkomplizierter klären, als man sich das ausgemalt hat.«

»Er möchte meine Erklärung gar nicht hören, befürchte ich.«

»Ist es für dich denn wichtig, dass er sie hört?« Henry lehnt sich an einen Küchenschrank.

»Irgendwie schon«, stelle ich fest.

»Wieso ist es wichtig für dich, dass er deine Erklärung kennt?«

Einen Moment lang denke ich über die Frage nach. »Weil ich mir recht sicher bin, dass es ihm danach besser gehen würde.« Ich hole Luft. »So wie er sich mir gegenüber verhält, habe ich ihn mehr verletzt, als mir bewusst war. Dabei war das nie meine Absicht.«

Ein Telefon klingelt, und mit einem Mal ist es, als würde ich aus einer Art Trance erwachen. Was, um Himmels willen, habe ich mir nur dabei gedacht, meine Gedanken einem völlig Fremden anzuvertrauen? Noch dazu jemandem aus der direkten Verwandtschaft meiner Auftraggeber? Mein Level der Unprofessionalität bei diesem Auftrag ist ja kaum noch zu toppen …

»Es tut mir sehr leid. Ich wollte dich nicht mit meinem persönlichen Kram vollquatschen. Und ich kann mir auch gar nicht erklären, wieso das alles so aus mir herausgepurzelt ist. Du arbeitest nicht zufällig als Psychotherapeut?«

Henry lacht schallend und geht ins Wohnzimmer, wo sein Festnetztelefon steht. »Nein, ich bin in der kalten Wirtschaftswelt tätig. Früher als Unternehmer, heute als Investor. Aber ich finde Menschen und ihre Geschichten faszinierend. Schon immer.«

Obwohl ich nur eine Seite des Telefonats hören kann, wird deutlich, dass Henry zu einem Termin erwartet wird.

»Kommst du zurecht?«, fragt er mich, nachdem er aufgelegt hat. »Ich muss leider los, aber falls du meinen Kühlschrank als Lagermöglichkeit brauchen solltest, kommst du durch die Terrassentür jederzeit ins Haus.«

»Das ist toll. Danke nochmals.«

Gemeinsam gehen wir in den Flur, wo Henry eine Schiebermütze vom Garderobenhaken nimmt und aufsetzt. Sie komplettiert sein Outfit perfekt. Jetzt wirkt er erst recht wie ein Dandy.

Vor dem Haus trennen sich nach einer herzlichen Verabschiedung unsere Wege. Ich mache mich auf zu meinem Auto und Henry schlendert zu einem Schuppen hinüber. Er ist schon fast dort angekommen, als er sich nochmals zu mir umdreht. »Am Ende des Lebens bereuen Menschen häufig das am meisten, was sie nicht getan haben. Wenn es dir also wichtig ist, Finn zu erklären, warum du getan hast, was du getan hast – und du wirklich überzeugt davon bist, dass es auch ihm danach besser geht –, dann pack das an.« Mit diesen Worten verschwindet er im Schuppen.

Etwas überrumpelt von seinem Rat stehe ich vor meinem Kombi und drücke am Schlüssel gleich zweimal auf ›Schließen‹, bevor ich kapiere, dass ich so keinen Zugang zu meinem Auto bekommen werde. Henrys Worte hallen in meinem Kopf nach. Vielleicht ist es eine gute Gelegenheit, heute Nachmittag einen neuen Versuch zu starten, Finn mein Verschwinden von damals zu erklären. In Lenas Haus wären wir unter uns. Keine störenden Gäste, Chefs oder Kollegen.

Mit einem »Danke« auf den Lippen winke ich Lenas Onkel zu, der sich pfeifend auf ein Herrenrad schwingt, bevor ich mich endlich dem Inhalt meines Kofferraums widme. Ich nehme die erste Kühlbox heraus und gehe zur Eingangstür des Nachbarhauses, wo ich die Kiste abstelle. Eigentlich wollte ich erst noch die restlichen Sachen aus dem Auto holen, aber jetzt, wo ich direkt vor dem Haus stehe, packt mich doch die Neugierde. Ich stecke den größeren der beiden Schlüssel ins Schloss und muss ihn mehrfach nach links drehen, bis sich die Tür öffnet. Sie gibt den Blick frei auf eine großzügige Diele, deren Boden mit rechteckigen Steinfliesen im Fischgrätmuster ausgekleidet ist. Linker Hand führt eine hellgrau gestrichene Holztreppe ins Obergeschoss. Geradeaus ist hinter einer Glastür mit schwarzen Stahlelementen im Industrial Look ein Wohnbereich erkennbar. Ich gehe durch die moderne Glastür und linse um die Ecke. An das Wohn- und

Esszimmer schließt sich eine große Küche an, die aussieht, als sei sie vom Schreiner extra für dieses Haus gefertigt worden.

Während ich mich in den Räumen im Erdgeschoss umsehe, wundere ich mich, dass es nur wenig persönliche Gegenstände zu geben scheint. Statt Fotos von den Eigentümern sind ausschließlich Naturfotografien und abstrakte Kunstwerke zu sehen.

Dann fällt mir wieder ein, dass Lena mal erwähnte, dass sie und Nico die Reetkate häufig irgendeinem Verein zur Verfügung stellen. Ich denke scharf nach, aber ich kann mich beim besten Willen nicht daran erinnern, für welchen Zweck genau der Verein das Haus nutzt.

Mein Blick fällt auf den Weinkühlschrank. Ein edles Teil. Und geräumig genug, um alle Flaschen für den Abend unterzubringen. Gerade will ich mich zum Auto aufmachen, als aus dem Obergeschoss ein Geräusch zu hören ist. Verrückt, das klang eben fast nach Schritten. Ich halte den Atem an und lausche genauer. Da! Schon wieder. Es klingt wirklich nach Schritten.

Ist Finn in der Zwischenzeit angekommen und hat im Schlafzimmer schon mit dem Dekorieren begonnen?

Mit einem nervösen Kribbeln im Magen gehe ich in den Flur und bewege mich auf die Treppe zu. Vorsichtig nehme ich eine Stufe nach der anderen. Obwohl ich angestrengt lausche, kann ich keine Geräusche mehr ausmachen. Bestimmt habe ich mir das alles nur eingebildet.

Als ich den oberen Treppenabsatz erreiche, wird am Ende des Flurs eine Tür aufgerissen und ein Mann mit kurz geschorenen schwarzen Haaren stürmt auf mich zu.

Grob stößt er mich weg, um sich Zugang zur Treppe zu verschaffen. Mit Oberkörper und Kopf pralle ich an die Wand. Ich taumle. Noch bevor ich falle, weiß ich, dass ich meinen Sturz nicht abfangen kann. Dennoch greife ich nach dem Treppengeländer, aber meine Finger fassen ins Leere.

# Kapitel 9

♡

Mein Kopf dröhnt. Es kostet mich große Mühe, die Augen zu öffnen. Sobald sie auch nur einen Schlitz weit offen sind, reagiert mein Kopf mit einem stichartigen Schmerz auf die Helligkeit. Ich gebe ein leises Stöhnen von mir, das in meinem Kopf widerhallt, als brülle jemand in ein Megafon.

Ich spüre, dass eine Hand mein Gesicht berührt, und beginne umherzutasten, um mich zu orientieren. Unter mir kann ich einen Steinboden fühlen.

»Bitte bleib ruhig liegen, Charlie.«

Ist das Finns Stimme? Erneut versuche ich die Lider zu öffnen, aber wieder verhindert diese stechende Qual, dass ich meine Augen weiter als ein paar Millimeter aufmache.

»Finn?«

»Ja, ich bin hier. Der Krankenwagen ist schon auf dem Weg.« Seine Stimme klingt angespannt.

Krankenwagen? Was ist denn bloß passiert? Ich fühle mich so elend, dass ich nicht protestiere. Gegen den Nebel in meinem Kopf ankämpfend, versuche ich mich zu erinnern, was geschehen ist. Noch kann ich nur auf einige

Erinnerungsfetzen zugreifen, aber ich bin mir sicher, dass da ein Mann war. Ich auf der Treppe. Oben ein Mann. Er stößt mich. Ich rudere mit den Armen, versuche irgendetwas zu fassen zu kriegen, das meinen Sturz verhindern könnte. Alles ging so schnell.

»Ist der Mann weg?«, flüstere ich.

»Welcher Mann?«

»Da …« Endlich schaffe ich es, meine Augen ein wenig zu öffnen. Ich liege auf den schönen Fliesen im unteren Flur, neben mir ragt die alte Holztreppe empor. Mein Sturz die Stufen hinunter war also kein böser Traum. Mühsam hebe ich einen Arm und zeige mit dem Finger die Treppe hinauf. »Da war ein Kerl im Haus. Er kam aus einem der Zimmer oben gestürmt und hat mich umgerannt. Ich … ich konnte mich nicht mehr halten.«

»Was? Hier sollte momentan niemand sein. Und schon gar kein Mann.«

*Schon gar kein Mann.* Ich verstehe nicht, was Finn damit meint.

»Ich rufe die Polizei.«

Die Polizei? Was, wenn der Mann zu den Trauzeugen gehört, die vielleicht doch früher als geplant angereist sind? Oder ein anderer Teilnehmer des Probeessens ist? »Nein, nicht«, wispere ich daher. »Das war bestimmt nur ein Missverständnis.«

»Dann frage ich bei Lena nach.«

Wenig später vernehme ich das Tuten von Finns Handy. Seiner darauffolgenden Unterhaltung mit der Braut kann ich entnehmen, dass tatsächlich niemand im Haus sein sollte. Kaum hat Finn das Gespräch mit Lena beendet, wählt er erneut. »Annika? Hier ist Finn. Ich brauche deine Hilfe.« Stimmfetzen dringen aus dem Lautsprecher, aber ich kann nur Finns Seite der Unterhaltung verstehen. »Nein, deine berufliche Hilfe.« Er schildert den Vorfall. Seine Hand streichelt dabei unentwegt über meine Stirn und meine Wange – zart wie eine Feder. »Die Polizei ist auf dem Weg«, sagt er, nachdem er aufgelegt hat.

»Du kennst hier also sogar die Ordnungshüter persönlich«, stelle ich im Flüsterton fest und es gelingt mir sogar ein kleines Lächeln.

Ich muss kurz weggedriftet sein, denn das Nächste, was ich mitbekomme, ist, dass man mich auf eine Trage hebt. Diesmal stemme ich trotz Schmerzen meine Augen auf. Ein Sanitäter und eine Sanitäterin sind dabei, das Klappgestell unter der Trage auszufahren. Finn steht auf Hüfthöhe neben mir. Aufgeregt greife ich nach seinem Arm. »Der Wein«, stammle ich. Es fällt mir schwer, einen klaren Gedanken zu formulieren. »Die Kühlboxen. Sie sind in meinem Wagen. Es muss sich jemand darum kümmern.« Mit jedem Wort beschleunigt sich mein Herzschlag, was ich an dem dumpfen Pochen in meinem Kopf spüren kann, das sich ebenfalls verstärkt. »Der Champagner muss liegend gelagert werden. Und die Weißweine …«

»Charlie«, unterbricht Finn mich sanft, pflückt meine Hand von seinem Arm und hält sie stattdessen in seiner. Auf seiner Haut sind Spuren meiner Fingernägel zu erkennen. »Versprichst du mir, dich nur darauf zu konzentrieren, dass es dir bald wieder gut geht, wenn ich dir verspreche, mich um die Flaschen in deinem Auto zu kümmern?«

»Versprochen.«

Finn atmet aus.

Die Sanitäter schieben mich zum Krankenwagen. Finns Hand entgleitet mir.

Mir fallen noch zwei Dinge ein, die ich unbedingt loswerden muss. »Du brauchst den Autoschlüssel. Der ist in meiner Handtasche. Am besten nimmst du auch das Notizbuch. Da ist eine Liste drin, welchen Champagner ich als Aperitif vorschlage, welche Weine zu welchem Gang gereicht werden sollen. Kannst du das Sinje geben? Irgendwo findet sie bestimmt auch Notizen von mir, welche davon meine Favoriten sind und wieso welcher Wein besser passt und …«

»Charlie?«

»Hm?«

»Du erinnerst dich noch an das Versprechen, das du mir vor nicht mal einer Minute gegeben hast?«

»Aber Sinje …«

»Nix da! Du kümmerst dich jetzt erst mal nur um dich.« Bei diesen Worten werde ich aus seinem Sichtfeld geschoben.

***

Nach den langen Klinikaufenthalten meines Vaters hatte ich die Hoffnung, ein Krankenhaus nicht mehr so schnell von innen sehen zu müssen – geschweige denn selbst Patientin zu sein.

Obwohl sich eine Krankenschwester und eine Ärztin seit meiner Aufnahme und einem CT sehr fürsorglich um mich kümmern, würde ich am liebsten direkt wieder abhauen. Was ich den beiden auch schon mehrfach mitgeteilt habe.

»Frau Krämer, mit Gehirnerschütterungen ist nicht zu spaßen. Außerdem haben Sie diverse Prellungen, die sich im Laufe der nächsten Stunden noch deutlicher bemerkbar machen werden. Wenn ich Sie richtig verstanden habe, sind Sie aus beruflichen Gründen auf der Insel. Sie haben also niemanden, der sich um Sie kümmern könnte, korrekt?«

Beim Nicken fährt sofort wieder ein stechender Schmerz durch meine vordere Kopfhälfte. Stöhnend verziehe ich das Gesicht.

»Ich verstehe jeden, der nicht länger als unbedingt notwendig in einer Klinik bleiben möchte, aber noch fühle ich mich nicht wohl damit, Sie zu entlassen. Ich mache Ihnen einen Vorschlag: Wir schauen, wie es Ihnen am Abend geht, und bewerten dann die Situation neu. In Ordnung?«

Ich brumme zustimmend. Was soll ich auch sonst tun? Mich gegen den Rat der Ärztin selbst entlassen? Dank meines Vaters weiß ich, dass das nicht die beste Idee ist.

Nachdem die Ärztin gegangen ist, versuche ich in meinem Krankenhausbett die Position zu finden, die sich am schmerzfreisten aushalten lässt. Die Bekanntschaft mit den Treppenstufen muss meinem Rücken richtig zugesetzt haben, denn Kissen und Matratze fühlen sich zum Teil so an, als wären Kieselsteine darin eingelassen, die mich fröhlich malträtieren.

Gerade habe ich eine halbwegs passable Liegeposition gefunden, da lässt mich ein energisches Klopfen an der Tür zusammenzucken. »Herein«, sage ich und versuche den Schmerz wegzuatmen.

Eine Frau, etwa in meinem Alter, in einer dunkelblauen Polizeiuniform betritt das Zimmer. Hinter ihr kann ich den blonden Haarschopf von Finn ausmachen. Er ergreift zuerst das Wort, als beide neben meinem Bett zum Stehen gekommen sind. »Das ist meine Cousine Annika.« Finn zeigt auf die blonde Polizistin und es ist tatsächlich eine gewisse Ähnlichkeit zwischen den beiden zu erkennen. Als er seine Hand auf meine Schulter legt, fühlt es sich an, als ob sie dorthin gehöre. Meine Muskeln entspannen sich merklich in diesem Bereich. »Annika, das ist Charlie.« Ein kurzes Lächeln. Nur für mich. Dann sieht er zu seiner Cousine. »Charlotte Krämer, meine ich natürlich.«

»Hallo, Frau Krämer. Wäre ich nicht dienstlich hier, würde ich liebend gern zum Du übergehen und dich auch direkt ausquetschen, woher du meinen Cousin kennst, aber das muss noch ein wenig warten.« Sie schmunzelt. »Ich bin Polizeiobermeisterin Annika Friedrichsen und ermittle in dem Einbruch mit Körperverletzung, bei dem Sie Geschädigte sind.«

Mein Gehirn ist noch so vernebelt, dass ich bei ihren schnellen Worten kaum hinterherkomme. »Einbruch?«

»Wir haben uns im und um das Haus in Kampen umgesehen und Einbruchsspuren entdeckt, die meine Kollegen aktuell sichern.« Aus einer der vielen Taschen an ihrer Jacke nimmt sie einen schmalen Notizblock und einen Kugelschreiber. »Was uns Insulaner manchmal stört, ist in der Verbrechensbekämpfung überaus hilfreich. Wenn man nämlich nicht zum Festland schwimmen oder bei Ebbe übers Watt flüchten will, kommt man hier nicht immer dann weg, wenn es einem am besten in den Kram passt.« Finns Cousine zieht sich einen Stuhl heran. »Ich brauche dringend eine Personenbeschreibung, die wir an die Fähre, den Flughafen, die Bahn und die Autoverladung weitergeben können.« Der Kugelschreiber klickt. »Wie hat der Mann ausgesehen, der Ihren Sturz von der Treppe verursacht hat?«

Beim Versuch, mich etwas aufzusetzen, geht hinter meiner Stirn ein schmerzhafter Trommelwirbel los. Erschöpft lasse ich mich zurück ins Kissen sinken. »Er hatte sehr kurze, dunkle Haare und war etwas größer als ich. Aber nicht viel. Eins achtzig vielleicht. Ein sehniger Typ. Dunkle Jeans, schwarzes, eng anliegendes T-Shirt mit irgendeinem Logo auf der Brust. Das Logo war weiß.« Krampfhaft versuche ich mich zu erinnern, was es darstellte. Mein Kopf kommentiert diesen Versuch mit einem dumpfen Pochen. »Da war ein Tattoo. An seinem Hals. Ein Insekt. Vielleicht ein Falter?«

»Können Sie mir an sich zeigen, an welcher Stelle sich das Tattoo am Hals befand?«, bittet die Polizistin.

Ich führe die Hand zu meinem Kehlkopf. »Es zog sich fast über die gesamte Vorderseite. Kopf und Körper waren mittig ausgerichtet, davon standen Fühler und Beine ab. Und es hatte auf jeden Fall Flügel, die zu den Seiten weggingen.« Beim Gedanken daran schüttelt es mich, was meinem Kopf gar nicht gefällt.

»Weitere spezifische Merkmale? Tattoos an anderen Körperstellen? Auffällige Narben? Besonders unreine Haut? Etwas in der Art?«

»Nein, es fällt mir nichts dergleichen ein. Tut mir leid.«

»Das ist in Ordnung, Frau Krämer. Sie müssen sich nicht entschuldigen. Mit Ihrer Aussage haben Sie uns sehr geholfen. Ruhen Sie sich aus. Wir melden uns, sobald die Fahndung raus ist und wir mehr wissen. Ich komme später noch einmal zu Ihnen, um Ihre komplette Aussage aufzunehmen.« Die Polizistin steckt den kompakten Notizblock zurück in ihre Uniformtasche, dann wendet sie sich an Finn. »Die Kontaktdaten der Hauseigentümer hast du mir geschickt?«

Er nickt.

»Gut, dann mache ich einige Anrufe. Bis später, Frau Krämer. Vielen Dank nochmals.«

»Finn«, krächze ich, als seine Cousine das Zimmer verlassen hat.

Sofort beugt er sich zu mir.

»Mir ist eingefallen, dass der Blanc de Noirs vielleicht nicht in meinen Notizen auftaucht. Er ist in einer der Kisten verstaut, die vier Flaschen enthalten. Ich habe ihn erst kurz vor meiner Abfahrt noch als Zusatzoption eingepackt, weil ich dachte, er könnte gut zur Käseauswahl passen. Sinje plant für die Vegetarier eine Vorspeise mit Ziegenkäse – dazu wäre er die perfekte Wahl. Kannst du ihr sagen, dass sie ihn heute Abend bitte dazu ausschenken soll?«

»Charlie«, unterbricht mich Finn mit Nachdruck und nimmt vorsichtig meine Hand. »Du sollst dich verdammt noch mal ausruhen.«

# Kapitel 10

♡

Zwei Stunden später, in denen Finn nicht von meiner Seite gewichen ist, lässt uns ein Klopfen zur Tür sehen. Noch bevor ich ein »Herein« über die Lippen bringe, wird die Zimmertür aufgestoßen und ein riesiger Blumenstrauß betritt den Raum. Hinter einem Berg aus Ranunkeln und Gerbera kommt ein hellblonder Haarschopf zum Vorschein und ich höre die vertraute Stimme der Braut. »Es tut mir so, so, so leid! Scheiße, wer hätte denn auch mit so was gerechnet? Das Teuerste, was wir im Haus haben, ist unsere Einbauküche. Und die hätte der Einbrecher wohl kaum mitgeschleppt. Sag mir, wie ich das wiedergutmachen kann, Charlie.« Sie senkt den großen Strauß etwas und sieht mich mit einem bedauernden Blick an.

Ich schenke ihr ein mattes Lächeln. »Dein Probeessen geht doch bald los.«

»Das ist total nebensächlich! Zuallererst muss ich mich vergewissern, wie es dir geht. Außerdem hat die Spurensicherung das Haus gerade erst wieder freigegeben. Meine Mutter ist bestimmt völlig am Durchdrehen …« Lenas

Augen werden groß, als sie Finn neben meinem Bett wahrnimmt. »Finn!« Sie macht einige schnelle Schritte auf ihn zu, nimmt dann aber Tempo raus. Ihre braunen Augen wandern von Finn zu mir und wieder zurück. Ganz langsam legt sie ihren Kopf schief. Ein Schmunzeln schleicht sich in ihr Gesicht. »Ihr wirkt sehr vertraut miteinander. Hat sich hier in den letzten Tagen zwischen meiner liebsten Weinberaterin und meinem Lieblingsbarkeeper etwas angebahnt?«

»Was? Nein!«, sagen Finn und ich gleichzeitig – und vielleicht einen Tick zu nachdrücklich. Lenas Lächeln verstärkt sich.

»Na, wenn ihr das sagt.« Ihre blitzenden Augen verraten, dass sie uns kein Wort glaubt. Den übergroßen Blumenstrauß, der sich bereits in einer Vase befindet, stellt sie auf die Fensterbank und wendet sich dann Finn zu. »Schön, dich zu sehen, mein Lieber!« Schon zieht sie ihn in eine feste Umarmung. Die beiden küssen sich auf die Wange. Ein kleiner Stich macht sich bei diesem Anblick in meiner Magengrube bemerkbar. Eifersucht? Das kann nicht sein. Bestimmt nur Hunger.

»Also, was machst du hier?«, will Lena von Finn wissen.

»Ich habe Charlie nach ihrem Treppensturz in eurem Haus gefunden und bin nach meiner Befragung durch die Polizei hierhergekommen.«

»Moment mal! Warst du etwa dabei, als Charlie gestoßen wurde? Hast du den Typen gesehen? Wie sah er aus?«

»Schatz, lass Finn doch mal zu Wort kommen.«

Erst jetzt bemerke ich, dass Nico im Türrahmen lehnt. Er trägt einen Präsentkorb und ein schiefes Lächeln. »Gute und schnelle Besserung, Charlie.« Er kommt näher und stellt den Korb auf einem kleinen Beistelltisch ab.

»Jetzt sag schon, wie der Typ aussah, Finn«, lässt Lena nicht locker.

»Ich habe den mysteriösen Einbrecher mit dem Tattoo am Hals nicht gesehen. Wäre er mir über den Weg gelaufen, nachdem er Charlie die Treppe hinuntergestoßen hat, würde er sich garantiert im gleichen Gebäude aufhalten wie wir gerade.«

»Hui, in der Beschützerrolle kenne ich dich bisher gar nicht. Ihr seid euch sicher, dass da zwischen euch nichts läuft?«

Finn und ich stöhnen zeitgleich auf, was Lena nur ein noch breiteres Grinsen entlockt. Kurz darauf wird ihr Gesicht wieder ernst. Einige Male geht sie im Zimmer auf und ab. »Mit euren Romantik-Vibes habt ihr mich ganz durcheinandergebracht. Hast du gesagt, der Einbrecher hatte ein Tattoo am Hals?«

»Das hat Charlie zumindest so bei der Polizei zu Protokoll gegeben.«

Ruckartig dreht sich Lena zu mir. Ihre Augen sind weit aufgerissen. »War das Tattoo ein Nachtfalter?«, fragt sie etwas atemlos.

»Irgendein Insekt. Was genau, kann ich nicht sagen.«

»Hatte der Typ auch Tattoos an den Armen?«

»Nein. Ich glaube, deshalb blieb mir dieses große Tattoo am Hals so im Gedächtnis. Es passte gar nicht zum restlichen Aussehen des Typen.«

»Holy shit!«, stößt Lena aus. »Ich habe einen Verdacht, wer das gewesen sein könnte.« Sie wendet sich an Finn.

»Kannst du deine Cousine fragen, ob sie mich kurzfristig treffen kann?«

»Mach ich sofort.« Finn zieht sein Handy aus der Tasche und spricht leise mit Annika. »Sie ist ganz in der Nähe und kommt in ein paar Minuten zurück zum Krankenhaus. Sie wartet dann im Empfangsbereich auf dich.«

Lena flitzt aus dem Zimmer.

Nico steht etwas verdattert neben der Tür. Mit seinem Daumen zeigt er über seine Schulter in die Richtung, in die seine Verlobte verschwunden ist. »Ich gehe besser hinterher. Nicht dass sie noch Louisa und David nacheifert und sich einbildet, hier auf Sylt eigenhändig Verbrechen aufklären zu müssen.«

Finn und ich beobachten, wie die Tür ins Schloss fällt.

»Wer sind Louisa und David? Und was haben sie mit Verbrechen zu tun?«, frage ich leise.

Finn rückt sich den Stuhl neben meinem Bett zurecht. »Louisa und David sind die Trauzeugen von Lena und Nico«, erklärt er mir. »Wie die beiden einen Fall von Wirtschaftsspionage aufgeklärt haben, ist eine längere Geschichte.«

»Erzählst du sie mir? Ein bisschen Ablenkung wäre nicht schlecht.«

»Klar.«

Trotz meiner mörderischen Kopfschmerzen und meines benebelten Zustands ist mir nicht entgangen, dass Finn meine Hand genommen hat. Mit seinem Daumen zieht er Kreise auf meinem Handrücken, während er spricht. »Louisa ist Lenas beste Freundin. Du wirst sie bei der Hochzeit kennenlernen. David ist ihr Freund. Und die beiden haben sich vor ein paar Jahren auf Sylt kennengelernt. Verliebt haben sie sich übrigens an meiner Bar. Du darfst mich also gerne Amor nennen.« Finn lässt kurz meine Hand los und tut so, als würde er mit Pfeil und Bogen schießen.

Wir tauschen ein Lächeln.

Wieder hält er meine Hand und beginnt mit ruhiger Stimme zu erzählen. »Als Louisa das erste Mal auf die Insel kam, sollte sie eigentlich im Haus von Lenas Onkel übernachten. Dort hatte aber gerade ein Wasserschaden jede Menge Chaos angerichtet, also kam sie kurzfristig bei uns im Hotel unter. David wohnte ebenfalls bei uns …«

Ich muss eingenickt sein, denn als ich wieder zu mir komme, kann ich mich nicht daran erinnern, wie die Geschichte von Lenas Freundin ausging. Während ich noch mit geschlossenen Augen daliege, nehme ich leise Stimmen im Zimmer wahr. Meine Lider fühlen sich an, als wären sie zusammengeklebt, so schwer fällt es mir, sie zu öffnen. Wie in Zeitlupe schieben sie sich nach oben.

Meine Ärztin, an deren Namen ich mich nicht erinnern kann, spricht leise mit Finn. Ich hasse es, in meinem Kopf so ein matschiges Gefühl zu haben. Normalerweise habe ich ein prima Namensgedächtnis.

Sie bemerkt, dass ich wach bin, und kommt zu mir ans Bett. »Wie fühlen Sie sich, Frau Krämer?«

»Eher bescheiden«, antworte ich ehrlich.

»Das dachte ich mir.« Ein strenger Blick begleitet ihre Worte. »Um es ganz deutlich zu sagen: Sie werden morgen – und auch in den kommenden Tagen – nicht in der Lage sein …« Sie stockt und legt ihre Stirn in Falten. »Wie viele Kilometer sind es denn von hier bis zu Ihrem Wohnort an der Mosel?«

»850«, krächze ich.

»Sie werden nicht in der Lage sein, 850 Kilometer zu fahren. Haben Sie mich gehört?« Das mit dem strengen Blick hat sie echt drauf.

Hätte ich nicht die solide Vorahnung, dass mein Kopf sofort wieder Terror macht, würde ich jetzt wie ein aufgeregtes Huhn nicken. So begnüge ich mich mit einem gehauchten »Ja«.

»Falls ich Sie heute entlassen sollte«, sie hebt einen Finger, »und die Betonung liegt auf ›falls‹, dann brauche ich Ihre Zusicherung, dass Sie in den kommenden Tagen Bettruhe halten.«

»Versprochen«, sage ich sofort.

»Keine Bildschirme – weder zum Arbeiten noch zum Lesen –, keine Aktivitäten, bei denen Sie sich stark konzentrieren müssen. Ausreichend Schlaf.«

»Okay.«

»Ich kümmere mich darum, dass Frau Krämer versorgt ist.« Finns Worte klingen bestimmt. »Und wenn es sein muss, sorge ich persönlich dafür, dass sie die Bettruhe einhält.«

Erstaunt geht mein Blick zu ihm. Sein Gesichtsausdruck spricht eine deutliche Sprache: Widerspruch zwecklos.

Die Ärztin nickt Finn zu und wendet sich dann wieder an mich. »In Ihrer Akte ist vermerkt, dass Sie als Sommelière arbeiten. Deshalb möchte ich besonders betonen, dass Alkohol für Sie so lange völlig tabu ist, wie Sie Schmerzmittel einnehmen. Wir verstehen uns?«

Ich mache den Fehler, schwach zu nicken, was mein Kopf sofort mit dem inzwischen sehr vertrauten Pochen kommentiert.

»Dann mache ich Ihre Entlassungspapiere fertig.«

Bis eben habe ich gar nicht bemerkt, dass Finn wieder meine Hand genommen hat. Ich sehe zu ihm hoch und drücke seine Finger, die meine fest umschließen.

»Danke«, flüstere ich, als die Ärztin das Zimmer verlassen hat.

# Kapitel 11

♡

Finn könnte dabei sein, den Verkauf meiner Nieren an den Höchstbietenden vorzubereiten oder die Weltherrschaft an sich zu reißen. Vielleicht hat er Letzteres bereits getan. Im Moment ist er auf jeden Fall die zentrale Figur meiner kleinen Welt.

In einer etwas merkwürdigen Liegeposition fährt er mich in meinem Auto, das er aus Kampen geholt hat, aus dem Krankenhaus in Westerland zurück ins Hotel nach List. Davon bekomme ich wenig mit. In meinem Kopf schwappt immer noch eine Nebelsuppe, gebraut aus Schmerzmitteln und den Nachwirkungen des Sturzes, umher. Obwohl es mich ängstigen sollte, dass ich kaum einen klaren Gedanken fassen kann – geschweige denn in der Lage bin, mich um mich selbst zu kümmern –, fühle ich mich in Finns Nähe absolut sicher und geborgen.

Seine konfrontative Haltung der letzten Tage scheint wie von einer Meeresbrise weggeblasen. Jetzt gerade ist er der Finn von damals für mich. Wobei Lena mit ihrer Bemerkung von vorhin recht hat: Als den fürsorglichen Kümmerer habe auch ich ihn bisher nicht kennengelernt.

Für mich war er immer der Macher. Egal, ob es um die besten Cocktails oder den größten Spaß ging. Leichtigkeit im Leben, eine gute Zeit haben. Flirtend, ausgelassen und charmant, neugierig auf andere Menschen, Kulturen und Landschaften – das war mein Finn vom Schiff.

*Mein* Finn. Selbst mein matschiger Kopf kann erkennen, dass er das schon lange nicht mehr ist. Zumindest nicht außerhalb meiner Träume. In der Realität hier auf Sylt ist er sauer auf mich. Seinen Groll lässt er vielleicht für den Moment außen vor, aber er wird wiederkommen, sobald es mir besser geht. Da bin ich sicher.

Eine Erinnerung bahnt sich ihren Weg durch den Nebel. Ein verletzter Finn neben mir in einem offenen Jeep. Mit einem Affenzahn heize ich über holprige Straßen auf einer Karibikinsel. Auf der Suche nach dem einzigen Krankenhaus in der Umgebung.

Quidproquo. Finn ist jetzt für mich da, so wie ich damals für ihn da war. Er möchte mir nichts schuldig sein, wenn sich unsere Wege in wenigen Tagen erneut trennen. Jetzt hat er die Möglichkeit, diese Schuld zu begleichen. Ich sollte es ihm gleichtun. Bin ich ihm doch seit vier Jahren eine Erklärung für meinen überstürzten Abgang schuldig.

»Finn?« Meine Stimme ist nur ein Flüstern, aber er hat mich dennoch gehört. Besorgt sieht er zu mir herüber.

»Ist dir schlecht? Soll ich anhalten?«

»Nein, das ist es nicht.« Kurz zögere ich. »Darf ich dir erklären, wieso ich damals ohne ein Wort abgehauen bin?«

Ein erstaunter Ausdruck wandert über sein Gesicht. Ganz sanft streicht er mit seinen Knöcheln über meine Wange. »Nicht jetzt. Ruh dich einfach aus.«

»Aber nachher erzähle ich es dir. Okay?«

»Okay.«

Zehn Minuten später gehen wir im Schneckentempo den Gang zu meinem Hotelzimmer entlang. Obwohl Finns Arm eng um meine Taille geschlungen ist, schwanke ich beim Laufen. Dafür habe ich das Gefühl, der Nebel in meinem Kopf lichtet sich ein wenig. Als ich so auf meine Zimmertür starre, während mein Begleiter mit der Schlüsselkarte hantiert, kommt mir nämlich ein sinnvoller Gedanke.

»Weißt du, ob das Hotel in den nächsten Tagen ausgebucht ist?«

»Wie kommst du denn jetzt darauf?« Finn schiebt die Tür zu meinem Zimmer auf.

»Meine Reservierung endet morgen. Ich muss mir noch eine neue Unterkunft organisieren. Ich darf ja nicht von der Insel runter.«

Mit einem Kopfschütteln sieht er mich an. »Du musst dir um nichts Gedanken machen, außer darum, möglichst schnell wieder gesund zu werden.«

Mit langsamen Schritten führt er mich an die Bettseite, auf der ich seit meiner Ankunft geschlafen habe. »Lena hat vorhin eine Nachricht geschickt. Sie hat alles mit Christian besprochen und das Zimmer gehört bis zur Hochzeit dir. Ist bereits bezahlt, und da sie dich zu kennen scheint, darf ich dir ausrichten, dass du nie wieder einen Auftrag von ihr bekommst, solltest du versuchen, die Kosten selbst zu übernehmen.«

»Was?« Entgeistert kralle ich mich an Finns Arm. »Nein, das kann ich nicht annehmen.«

»Versuch gern dein Glück«, sagt er mit einem Schmunzeln auf den Lippen. »Bei Diskussionen mit Lena sitze ich immer gern in der ersten Reihe.«

In meiner Handtasche suche ich nach meinem Handy. Kaum halte ich es in der Hand, nimmt Finn es mir weg. »Nix da! Keine Bildschirme. Du durftest das Krankenhaus nur verlassen, weil du versprochen hast, all meinen Anweisungen zu folgen.«

Das macht mich hellhörig. »Du klingst, als hättest *du* einen Schlag auf den Kopf bekommen. Ich habe nichts dergleichen versprochen. Daran würde ich mich auf jeden Fall erinnern.«

»Mist. Einen Versuch war es wert.« Demonstrativ hält er mein Smartphone hoch und geht damit hinüber zum Schreibtisch, wo er es ablegt. »Hier bleibt es liegen, verstanden?«

Ich zeige mich einsichtig und deute ein Nicken an.

Lächelnd kommt er wieder auf mich zu. Dann verändert sich Finns Gesichtsausdruck zu etwas, das ich nicht richtig deuten kann. So, wie er sich plötzlich im Raum umsieht, würde ich fast sagen, er wirkt unsicher.

»Ich verschwinde dann mal besser, damit du dich ausziehen … äh … umziehen kannst«, sagt er leise und ist eine halbe Sekunde später schon bei der Tür.

Wie vorhin im Krankenhaus flüstere ich auch jetzt ein »Danke«.

***

Im Zimmer ist es dunkel, als ich aufwache. Mit Bewegungen in einer Langsamkeit, die denen einer Schildkröte Konkurrenz machen, drehe ich mich zum Nachttisch, um das Licht einzuschalten. Großer Fehler. Sobald die Lampe brennt, schießt ein Schmerz durch meinen Kopf, als hätte mir jemand mit einer Bratpfanne aus Gusseisen vor die Stirn geschlagen. Nicht dass ich da einen Vergleich hätte. Aber das Schmerzniveau stelle ich mir ähnlich vor. Obwohl ich das Licht sofort wieder ausschalte, bleibt ein unangenehmes Pochen in meinem Kopf. Begleitet von einem leisen Stöhnen lasse ich mich zurück in die Kissen sinken. Im Liegen schlage ich die Decke zurück und rolle mich vorsichtig an den Rand des Bettes. Meine Motorik erinnert an die einer 98-Jährigen, aber ich schaffe es schließlich, aufzustehen. Es dauert einen Moment, bis ich einen festen Stand habe. Da mein Gleichgewichtssinn noch immer etwas mitgenommen scheint, stütze ich mich mit einer Hand auf dem Bett ab, während ich damit beginne, in Richtung Badezimmer zu schleichen.

»Die Ärztin sagte, du sollst liegen«, kommt eine mir bekannte Stimme aus der Nähe der Balkontür. Ich erstarre. Mein Körper steht vollkommen still, nur mein Puls hat die Info nicht erhalten und galoppiert davon.

Eine filigrane Stehlampe geht an. Der Lichtschein reicht gerade einmal bis zu dem Sessel, in dem ich Finns Gestalt ausmachen kann. Aber für einige meiner Nervenenden ist das schon zu viel. »Autsch«, wimmere ich und halte mir eine Hand vor die Augen.

Sofort geht das Licht wieder aus.

»Was machst du hier?«, hauche ich. Dennoch hallen die Worte schmerzhaft in meinem Kopf wider.

»Sicherstellen, dass du die Anordnungen deiner Ärztin befolgst.« Er erhebt sich aus dem Sessel. »Was offensichtlich auch notwendig ist.«

»Falls du keine Bettpfanne besorgen möchtest, wäre es gut, wenn ich regelmäßig die Toilette benutzen darf, o großer Aufpasser«, mosere ich ihn an.

Finn lässt sich davon nicht beeindrucken. Er hat vielmehr erneut ein Schmunzeln im Gesicht. Seine Augen sind auf das Shirt gerichtet, das ich zum Schlafen trage.

Ich wage einen kurzen Blick nach unten und stöhne aus zwei Gründen. Erstens: Mein Kopf pocht wie verrückt von dieser zu schnellen Bewegung. Zweitens: Das schwarze T-Shirt mit dem Hot-Lips-Motiv der Rolling Stones, das ich trage, gehört streng genommen nicht mir.

»Das ist mein Shirt.« Er kommt zwei Schritte näher. »Mein Lieblingsshirt, um genau zu sein. Das zur gleichen Zeit verschwunden ist, wie eine Frau, die ich mal sehr mochte.«

Seine Augen finden meine und er macht einen weiteren Schritt auf mich zu. Mit seiner rechten Hand streicht er an meiner Seite entlang bis zu meiner Hüfte. Mein Körper reagiert mit freudiger Sehnsucht und dem Wunsch nach mehr auf diese simple Berührung. Das Kribbeln, das Finn damit losschickt, reicht bis in meine Zehenspitzen. Ich bin kurz davor, meine Hände über seine Brust wandern zu lassen und sie dann in seinem Nacken zu verschränken, wie ich das früher so häufig getan habe. Ohne Schuhe bin ich nur zehn Zentimeter kleiner als er. Der perfekte Größenunterschied zum Küssen.

Ob er sich in diesem Moment auch daran erinnert, dass wir das immer gesagt haben?

Seine Hand liegt weiterhin auf meiner Hüfte. Wir atmen im Gleichtakt. Minutenlang.

Ich bin die Erste, die unser Schweigen bricht. »Du kannst dir nicht hier in dem unbequemen Sessel die Nacht um die Ohren schlagen. Du hast morgen Dienst und musst fit sein.«

Finn legt seinen Kopf schief. »Es ist ja nicht so, dass ich am offenen Herzen operiere. Ich mixe Drinks. Das kriege ich auch ohne acht Stunden Schönheitsschlaf hin.«

»Aber du brauchst deinen Charme, um die Gäste zu bezirzen. Ich verspreche dir, dass ich mich an die Vorgaben der Ärztin halte – auch wenn du mich nicht überwachst.«

»Du hältst mich für charmant?«

Das hat er rausgehört? Ich seufze. »In den letzten Tagen vielleicht nicht so. Zumindest nicht mir gegenüber. Aber ja, normalerweise bist du sehr charmant.«

Erneut versinken unsere Blicke ineinander. Finns Gesicht kommt meinem millimeterweise näher. »Wenn ich für eine Frau die Hotellerie-Regel breche, nie im Zimmer eines Gastes zu übernachten, dann für dich. Und sei der Sessel noch so unbequem.« Dann, ganz plötzlich, dreht er sich zur Seite, schlingt seinen Arm um meine Taille und schiebt mich sanft in Richtung Badezimmer. »Fünf Minuten. Danach legst du dich wieder hin.«

Ein Grollen kommt aus meiner Kehle, begleitet von einem sarkastischen: »Jawohl, Herr Gefängniswärter.«

# Kapitel 12

Als ich das nächste Mal wach werde, ist Finn verschwunden. Neben mir auf dem Nachttisch steht ein Tablett mit einem hohen Cocktailglas, gefüllt mit einer pfirsichfarbenen Flüssigkeit. Daneben ein Croissant, eine kleine Schale mit roter Marmelade und eine große Schale mit etwas, das aussieht wie Birchermüsli. Da hat sich wohl jemand am Frühstücksbuffet bedient. Ganz automatisch macht sich ein Lächeln in meinem Gesicht breit. Vorsichtig, und mit meinem Kopf in einer sehr geraden Haltung, setze ich mich auf. Erst aus dieser Perspektive bemerke ich den kleinen Notizblock mit dem Hotellogo, der neben dem Frühstückstablett liegt. Darauf ist eine Nachricht gekritzelt:

*Moin! In dem Glas wartet eine ›Wattverführung‹ auf dich. Ein Mocktail, den ich mit unserem ineffizienten Bar-Konzept für dich kreiert habe, und gleichzeitig die Überschrift für dein Tagesprogramm. Keine Bildschirme! Also bleib weg vom Handy, lass den Fernseher aus, öffne die Vorhänge und genieße den Blick aufs Wattenmeer! Anweisung von deinem persönlichen Pfleger :-).*

Den Seitenhieb auf meine Einmischung in sein Bar-Konzept konnte er sich offensichtlich nicht verkneifen, aber der Rest der Nachricht ist wirklich süß. Wie sein gesamtes Verhalten seit meinem Treppensturz. Es ist schön, diese fürsorgliche und beschützende Seite an Finn kennenzulernen.

Ich greife nach dem Cocktailglas, das gekonnt dekoriert ist. Ein Rosmarinzweig wurde durch einige halbe Orangenscheiben gesteckt, die so aufgefächert sind, dass sie aussehen wie Blütenblätter. Die Deko aus Kräutern und Früchten steckt im Glas, sodass sie nicht nur schick aussieht, sondern auch noch Geschmack abgeben kann. Gespannt probiere ich einen Schluck. Die Aromen von Aprikose, Orange und Rosmarin treffen sich auf meiner Zunge. Meine Geschmacksknospen können zudem einen Hauch Zitronengras und eine Spur Vanille ausmachen. Finn hat seine Fähigkeiten, Aromenkompositionen spannend zu gestalten, über die Jahre perfektioniert. Ich nehme einen weiteren Schluck, bevor ich mich langsam aus dem Bett schäle, um der Anweisung meines persönlichen Pflegers nachzukommen.

Die geöffneten Vorhänge geben den Blick frei auf einen hellblauen wolkenlosen Himmel. Das Meer hat sich zurückgezogen. Nur an einigen wenigen Stellen wird der Meeresboden noch von Wasser bedeckt. Es ist faszinierend, wie unterschiedlich die Szenerie wirkt, je nachdem, ob Hoch- oder Niedrigwasser herrscht.

Mit meinem späten Frühstück mache ich es mir im Bett bequem. Die Natur vor meinem Fenster, und insbesondere die frechen Möwen, werden in den nächsten Stunden meine einzige Unterhaltung sein. Ich hoffe, sie haben ordentlich was zu bieten.

Obwohl die Möwen sich wirklich Mühe geben, ein Entertainmentprogramm mit viel Radau für mich auf die Beine zu stellen, driften meine Gedanken immer wieder zur Hochzeit und zur Frage, wie ich meinen Ausfall beim Probeessen wiedergutmachen kann. Ich habe noch nicht einmal bei Sinje nachgefragt, ob es noch Änderungen am Menü gab. Und welche Käsesorten das Brautpaar ausgewählt hat. Vor allen Dingen aber: Ob es Favoriten bei den von mir vorgeschlagenen Weinen und Champagnersorten gab. Eine ganz kurze Nachricht zu schreiben, wird trotz des Bildschirmverbots schon nicht so wild sein. Ich muss sowieso zur Toilette, da kann ich auf dem Rückweg einen klitzekleinen Abstecher zu meinem Handy machen, das auf dem Schreibtisch liegt.

Wenige Minuten später habe ich es in der Hand und verstehe, wieso ich mich von Bildschirmen fernhalten soll. Die Helligkeit des Screens muss ich herunterregeln, da sie mich sonst schmerzhaft blendet. Jedes Mal, wenn meine Augen versuchen, sich auf die kleinen Buchstaben meiner Nachricht zu fokussieren, zuckt ein stechender Schmerz durch meinen Schädel. Verdammt noch mal! Ich werde doch in der Lage sein, diese Nachricht zu schreiben.

Schuldbewusst sehe ich auf, als mir ein kurzes Klopfen an der Tür und das darauffolgende Klicken des Schlosses verraten, dass Finn zurück ist. Sein typisches

Sunnyboy-Lächeln verschwindet sofort aus seinem Gesicht, als er mich am Schreibtisch stehen sieht.

»Hm, weder Bett- noch Bildschirmruhe eingehalten.« Finn schüttelt den Kopf und sieht mich tadelnd an. »Zur Strafe bekommst du keine meiner neuen Kreationen zum Probieren.«

Er scheint direkt von seiner Schicht zu kommen, denn er trägt das Outfit der Barkeeper, inklusive Hosenträgern und Fliege. In seiner rechten Hand hält er zwei Cocktailgläser mit unterschiedlichen Inhalten. Beide sehen gleichermaßen verführerisch aus. Nach dem Geschmackserlebnis der ›Wattverführung‹ heute Vormittag will ich unbedingt weiterhin in den Genuss seiner Mixkünste kommen.

»Ich war nur mal kurz im Bad. Das ist offiziell erlaubt. Selbstverständlich wollte ich mich direkt wieder hinlegen«, gebe ich mich kooperativ und gehe zum Bett. »Siehst du?« Ich krieche unter die Decke und schiebe mein Kissen am Kopfteil des Bettes zurecht, dann lehne ich mich mit dem Rücken dagegen. Aus meiner zumindest halbwegs liegenden Position lächle ich Finn unschuldig an.

Der lässt sich erweichen und stellt seine Cocktails auf dem Nachttisch ab. Allerdings auf der anderen Bettseite, sodass ich nicht rankomme.

»Hast du denn gar kein Mitleid mit mir?« Ich ahme einen weinerlichen Ton nach und strecke meinen Arm nach den Gläsern aus.

Finn lacht. Ein echtes, fröhliches Lachen. Das erste, das ich höre, seit wir uns wiedergetroffen haben. Schlagartig wird mir klar, dass ich es unterbewusst vermisst habe, ihn ausgelassen zu sehen. Es ist ein integraler Teil von ihm, der in den letzten Tagen fehlte.

Er zieht seine Schuhe aus und macht es sich auf der anderen Seite des Bettes bequem. Seinen Oberkörper hat er an das gepolsterte Kopfteil gelehnt, seine Beine sind auf der Decke ausgestreckt. Erst dann nimmt er die beiden Drinks vom Nachttisch und hält sie mir hin. »›Sylter Sunset‹ oder ›Charlie Colada‹? Was darf es sein?«

Ich beäuge die beiden Cocktails. Der ›Sylter Sunset‹ hat die Farbe des Himmels, kurz bevor die Sonne dabei ist, im Meer zu versinken: ein sattes Orange. ›Charlie Colada‹ hingegen sieht lila aus.

»Du hast ein Getränk nach mir benannt?«

»Bei den Zutaten lag der Name irgendwie nahe.«

»Dann muss ich es ja probieren.«

Finn reicht mir das Glas mit der ›Charlie Colada‹.

Ich setze mich ein wenig mehr auf, um nicht zu kleckern. »Aber von dem anderen bekomme ich auch einen Schluck«, sage ich schnell, bevor ich an meinem Drink nippe. *Meinem* Drink. Finn hat einen Cocktail für mich zusammengestellt. Obwohl er mich gerade nicht besonders gut leiden kann.

Erneut dringt sein Lachen an mein Ohr. Ich sehe zu ihm rüber.

Gespannt beobachtet er, wie ich von meinem Cocktail koste. Er hebt eine Augenbraue. »Na, wie lautet dein Urteil? Genießbar?«

»Auf jeden Fall!«, beeile ich mich zu sagen. Dann fällt mir auf, dass das mehr nach einer Beleidigung klingt als nach einer angemessenen Reaktion auf das Geschmackserlebnis, das der Drink mir beschert hat. »Eine tolle Kombination aus fruchtiger Süße und einer ganz leichten Bitternote. Was ist da alles drin?«

»Sag du es mir, Madame Sommelière.« Finn hat sich mir nun komplett zugewandt. Sein angewinkeltes Knie streift meinen Oberschenkel. Nur die Bettdecke verhindert, dass ich den Stoff seiner schwarzen Jeans an meiner Haut spüren kann.

Mit einem Mal wird mir sehr warm unter den Daunen. Um meine Temperatur zu regulieren, nehme ich einen großen Schluck von dem Drink, der auch crushed ice enthält. Anschließend probiere ich nochmals voll konzentriert.

Finn lässt mich für keine Sekunde aus den Augen. In einer unerwarteten Bewegung schnellt sein Arm vor und er fängt mit seinem Zeigefinger einen lilafarbenen Tropfen auf, der am Rand des Glases hinabgelaufen war und drohte, auf die strahlend weiße Hotelbettwäsche zu tropfen.

Diese Rettungsaktion hat seinen Oberkörper meinem sehr nahe gebracht. Von dort, wo sein Arm meinen berührt, sendet meine Haut ein Kribbeln in den Rest meines Körpers. Unauffällig rücke ich etwas von ihm ab. Ich sehe stur auf den Drink in meiner Hand und tue so, als würde ich angestrengt überlegen, was auf der Zutatenliste steht. In Wahrheit herrscht jedoch ein solches Durcheinander in meinem Kopf, meinem Bauch und meinem Herzen, dass ich keinen klaren Gedanken fassen kann.

»Die Gehirnerschütterung hat wohl meine Analysefähigkeiten außer Kraft gesetzt«, bringe ich schließlich heraus.

Finn schmunzelt, als ob er wüsste, dass ich ihn anschwindele, und nimmt mir das Glas ab. »Na dann wollen wir mal hoffen, dass die Insel schnell ihre Magie entfaltet.« Er stellt beide Getränke zurück auf den Nachttisch.

»Ihre Magie?«, frage ich, als er sich mir wieder zugewandt hat.

»Sylt hat Heilkräfte.« Finn unterstreicht seine Aussage mit einem Nicken.

»Heilkräfte? Tatsächlich?«

»Mein gebrochenes Herz hat sie auf jeden Fall über die Jahre gekittet.«

Erstaunt sehe ich ihn an. Er schaut mit großen Augen zurück. Vielleicht ist er selbst überrascht, dass er das eben ausgesprochen hat. Kurz habe ich das Gefühl, dass er gleich einen Witz darüber reißen wird. Aber Finn bleibt stumm und seine Gesichtszüge ernst. Eine Weile sehen wir uns nur in die Augen. Keiner sagt etwas. Unsere Atmung ist das einzige Geräusch, das ich noch wahrnehme. Den Rest der Welt – das Säuseln des Windes und vereinzelte Möwenschreie, die durch die einen Spalt geöffnete Balkontür dringen – habe ich ausgeblendet.

Fast unmerklich, so langsam sind die Bewegungen, nähern sich unsere Gesichter einander. Ich sehe auf Finns Lippen und meine eigenen erinnern sich daran, wie es war, sie zu küssen.

Als wir nur noch so weit voneinander entfernt sind, dass ich Finns Atem auf meiner Haut spüren kann, zuckt er plötzlich zurück.

»Ich … ähm … besorge uns mal etwas zu essen«, stammelt er und schwingt seine Beine aus dem Bett.

»Bleib.« Ich greife nach seiner Hand. Meine Stimme ist ein Flüstern. »Ich habe gar keinen Hunger.«

Finn sitzt auf der Bettkante. Ich kann nur seinen Rücken sehen. Meine Hand liegt noch immer auf seiner, mit der er sich auf der Matratze abstützt. Mit meinen Fingerspitzen streiche ich über seinen Handrücken und ziehe dort kleine Kreise.

Ganz langsam dreht er den Kopf zu mir, bis wir uns in die Augen sehen können. Ohne den Blick von mir zu lösen, lockert er seine Fliege und nimmt sie ab. Es dauert etwas länger, da er nur eine Hand zur Verfügung hat, aber schließlich landet sie neben den beiden Cocktailgläsern auf dem Nachttisch. Finns andere Hand bewegt sich unter meiner. Sekunden später verschlingen wir unsere Finger miteinander.

»Ich wollte damals nicht einfach so abhauen«, sage ich leise und schaue auf unsere Hände. »Es war nur …«

Ohne seine Finger aus meinen zu lösen, streckt Finn seinen Körper neben mir auf dem Bett aus und dreht sich so, dass er mich ansehen kann. »Was ist passiert?«

Ich atme einmal tief durch und rutsche im Bett etwas tiefer. Wir liegen fast Nasenspitze an Nasenspitze. So nah, dass ich die grünen Sprenkel in seinen grauen Augen erkennen kann.

Leise beginne ich zu erzählen: »Mein Vater war im Wingert unterwegs, um den Zuckergehalt der Trauben zu prüfen. So bestimmen wir, wann sie für die Ernte reif sind.« Wie immer, wenn ich beginne, über den Unfall zu sprechen, bildet sich ein Kloß in meinem Hals. Ich schlucke. In einer federleichten Berührung fährt Finn mit dem

Daumen über meinen Handrücken. Dann löst er seine Finger aus meinen und streicht meinen Arm entlang.

»Einige unserer Lagen befinden sich an steilen Hängen. Man kann mit dem Traktor nicht direkt in den Weinberg fahren. Wie immer hat mein Vater unseren kleinen Trecker an einer schmalen Straße abgestellt. Um den anderen Autos möglichst wenig Platz wegzunehmen, ist er dicht an den Hang herangefahren. Die Maschine steht dann leicht schräg an der Böschung. Das machen wir immer so. Es ist nie etwas passiert. Und das wäre es auch an diesem Nachmittag nicht …« Meine Stimme bricht ab. Finns Hand hat inzwischen mein Schulterblatt erreicht, von wo aus seine Berührung warme Impulse über meinen Rücken schickt. Ich atme einige Male tief durch, bevor ich weitersprechen kann.

»Die Serpentinenstraßen in den Weinbergen sind an sonnigen Tagen bei Motorradfahrern sehr beliebt. An diesem Nachmittag war einer deutlich schneller unterwegs als erlaubt. Ein Lieferwagen wollte gerade den Trecker meines Vaters überholen, als das Motorrad herangerauscht kam. Um einen Zusammenstoß mit dem Zweiradfahrer zu vermeiden, zog der Fahrer des Lieferwagens zu früh rechts rüber und streifte den geparkten Traktor. Der kam ins Rutschen, überschlug sich und donnerte den Hang hinunter.« Erneut hole ich tief Luft. »Mein Vater stand mit dem Rücken zur Straße, die nur ein paar Meter über ihm war. Bis er mitbekommen hatte, was da gerade passierte, war es schon zu spät. Der Trecker ist einfach über ihn gerollt. Zwölf Knochenbrüche, unzählige Quetschungen und Prellungen. Schädel-Hirn-Trauma. Eine Woche künstliches Koma, fünf Monate Krankenhaus, ein halbes Jahr Rehaklinik. Dann zweieinhalb Jahre ambulante Reha und Physiotherapie.« Wie ein Roboter zähle ich das alles auf. »Ich habe einfach nur funktioniert. Mich darauf konzentriert, alles am Laufen zu halten.«

Ich bemerke nicht, dass mir Tränen übers Gesicht laufen, bis Finn sie wegwischt und mich dann wortlos in seine Arme zieht.

# Kapitel 13

Ich muss eingeschlafen sein, denn als ich diesmal wach werde, ist es dunkel im Zimmer. Die einzige Lichtquelle ist der schwache Schein von der Außenbeleuchtung einige Etagen unter uns.

Finn liegt neben mir. Die Augen geschlossen. Seine Atmung geht langsam und gleichmäßig.

Damals auf dem Schiff habe ich mir häufig gewünscht, neben ihm einschlafen und gemeinsam mit ihm aufwachen zu können. Aufgrund der Enge und der dadurch fehlenden Privatsphäre in den Crew-Kabinen kam das leider nicht infrage. Dass ich vier Jahre nach meiner abrupten Abreise neben Finn in einem luxuriösen Kingsize-Bett liegen würde, hätte ich mir nicht träumen lassen. Und von diesem Mann geträumt habe ich zur Genüge in den letzten 48 Monaten. Zu Beginn war es, um mich vom gesundheitlichen Zustand meines Vaters abzulenken, von meiner Überforderung mit dem Betrieb und von der Unsicherheit, ob ich das Weingut allein überhaupt führen kann.

Später waren es eher Erinnerungen, die mich immer dann wie eine kleine Böe der Sehnsucht heimsuchten, wenn ich monotone Arbeiten verrichtete, die keine besonders hohe Konzentration erforderten.

In diesem Moment öffnen sich flatternd Finns Lider. Ohne ein Wort zu sagen, streckt er sofort seine Hand nach mir aus. Streichelt über meinen Arm, über meinen Rücken und zieht mich näher zu sich.

Meine Hand lasse ich in seinen Nacken gleiten und fahre sanft über die zarte Haut dort. Dann schiebe ich meine Finger in seine Haare und beginne, seinen Knoten am Hinterkopf zu lösen. Einige Sekunden später fallen hellblonde Haarsträhnen über Finns Gesicht. Eine nach der anderen streiche ich zurück. Berühre mit meinen Fingerspitzen seine Wangen.

Finn ahmt die Bewegung an meinem Gesicht nach.

»Wenn ich nachts nicht schlafen konnte, habe ich mich zurückgeträumt nach New York. Habe mir vorgestellt, wie es wäre, wenn du jetzt neben mir liegen würdest. Über was wir sprechen würden und …«

Ein leises Stöhnen entkommt mir, als er federleicht mit seinem Zeigefinger mein Schlüsselbein entlangfährt.

»Das war ein perfekter Tag.« Finn zieht mit seiner Fingerspitze eine Linie zwischen meinen Brüsten hindurch. »Und eine perfekte Nacht.«

Hitze steigt in meine Wangen und ich versuche, meinen Kopf im Kissen zu vergraben. Aber Finn lässt mich nicht. Er führt seine Hand an mein Kinn. »Sieh mich an«, flüstert er.

Als ich es tue, legt er seine Handfläche an meine Wange. »Du machst dir keine Vorstellung davon, wie häufig ich an dich gedacht habe.«

»Wie oft?«, hauche ich.

Ein kleines Lächeln erscheint auf seinen Lippen. Sofort geht mein Blick dahin und bleibt an ihnen hängen. »Sehr, sehr oft.«

»Ich hab auch sehr, sehr häufig an dich gedacht«, gebe ich leise zu.

Finns Lächeln weicht einem schelmischen Schmunzeln. »Wie oft genau?« Er rückt einen Zentimeter näher. »Wöchentlich?« Noch einen Zentimeter. »Täglich?« Ein paar Millimeter mehr. »Oder sogar stündlich?«

Statt einer Antwort schließe ich meine Augen, hebe mein Kinn ein ganz klein wenig und endlich berühren sich unsere Lippen. Erkunden einander behutsam. Erinnern sich aneinander.

Doch bevor ich auch nur die Chance habe, unseren Kuss zu vertiefen, zieht Finn sich zurück.

Meine Lider fliegen auf.

Finns Blick ist unleserlich für mich.

»Du brauchst Ruhe«, flüstert er und ist schon halb aus dem Bett. »Ich sollte jetzt gehen.«

»Oh. Okay.« Mehr bringe ich nicht heraus.

***

Der nächste Morgen beginnt mit einem Überraschungsbesuch von meinen Auftraggebern. Diesmal sind es Lena und Nico, die mir ein prall gefülltes Frühstückstablett bringen. Ich muss unbedingt Christian dafür danken, dass er das alles möglich macht.

»Guten Morgen, Sonnenschein«, ruft Lena in einem fröhlichen Singsang. »Wir bringen Croissants und gute Nachrichten. Zwei meiner liebsten Dinge.«

»Hallo?«, sagt ihr Verlobter und zeigt entrüstet auf sich selbst.

»Na, ihr bringt auf jeden Fall gute Laune. Davon dürft ihr mir gern etwas abgeben«, kommentiere ich den kleinen Überfall der beiden.

Lena platziert vorsichtig das Tablett neben mir auf der Matratze und setzt sich anschließend auf die Bettkante. Nico schiebt den Sessel, der neben der Balkontür steht, ein wenig näher zu uns und faltet dann seinen langen Körper hinein.

»Bevor wir für einige Termine nach Frankfurt zurückfahren, wollten wir unbedingt nach dir sehen. Wie geht es dir?«

Bevor ich zu einer Antwort komme, klopft es rhythmisch an der Tür. Sekunden später klickt das Türschloss und Finn schiebt mit seinem Rücken die Tür auf. Als sie offen ist und er seitlich zu uns steht, fällt sein Blick zum ersten Mal ins Zimmer. Er sieht von mir zum Tablett, das auf dem Bett steht, und seine Augen werden groß. In dem Moment, als er Lena und Nico erfasst, formt sein Mund ein verlegenes Lächeln. »Ah, ich sehe, du hattest heute schon den Frühstücksservice.«

»Tja, Finn-Man, du bist nicht der Einzige, der Beziehungen in die Hotelküche hat. Wenn du schneller sein willst als Super-Lena, musst du früher aufstehen.«

Die Braut grinst ihn an, sichtlich zufrieden mit ihrem Spruch.

Nico und ich lachen gleichzeitig los. Super-Lena ist auch einfach zu passend.

Finn steht noch immer in der Tür und scheint nicht so recht zu wissen, wohin mit sich und seinem Tablett. Doch er fängt sich schnell. »Herausforderung angenommen«, sagt er und zwinkert mir zu. »Schauen wir mal, ob ich Super-Lena bei der nächsten Mahlzeitenlieferung schlagen kann.« Damit verkrümelt er sich in den Hotelflur und lässt die Zimmertür hinter sich zufallen.

»Hey!«, ruft Lena Finn hinterher. »Das Essen hättest du ruhig hierlassen können.« Sie sieht kurz zu mir und zeigt dann auf Nico. »Der da hat immer Hunger.«

Ihr Bräutigam hat schon seinen Mund geöffnet, um etwas zu erwidern, als es in seiner Sakkotasche brummt. Er zieht sein Handy heraus, wirft einen Blick auf den angezeigten Namen und verlässt mit einer entschuldigenden Geste mein Hotelzimmer.

Ich zucke zusammen, als Lena blitzschnell aufsteht, das Tablett auf den Nachttisch räumt und sich dann mit Schwung aufs Bett wirft. Mein Körper hüpft kurz auf der Matratze, was sich natürlich direkt mit einem Pochen in meinem Kopf bemerkbar macht.

»Dir ist schon klar, dass ich eine Gehirnerschütterung auskuriere, oder?«, frage ich und massiere meine Schläfen. »Da ist es wenig hilfreich, wenn du mir gleich die nächste verpasst.«

»Ups.« Lena hat immerhin den Anstand, bedröppelt auszusehen. Dieser Gesichtsausdruck wird jedoch sehr schnell durch ihr Markenzeichen, ein freches Grinsen, ersetzt. Sie robbt im Bett etwas näher. »Okay, spuck es schon aus. Was ist da los zwischen Finn und dir?«

»Was meinst du?«, versuche ich Unwissenheit vorzutäuschen und drehe meinen Kopf vorsichtshalber Richtung Fensterfront. Super-Lena muss nicht sofort mitbekommen, dass ich rot werde. Als mehrere Sekunden lang keine Antwort oder eine weitere neugierige Frage kommt, linse ich hinüber zu meiner Bettgenossin.

Sie wirft mir einen Blick zu, der ziemlich unmissverständlich sagt: »Mir kannst du nichts vormachen. Raus mit der Sprache.« Dabei ist ihre rechte Augenbraue unter ihrem Pony verschwunden, so hoch hat sie sie gezogen.

Ich atme tief durch und setze mich ein wenig auf. »Also gut.« Meine Stimme klingt eigenartig belegt – als wäre sie sich nicht sicher, ob sie diese Geschichte preisgeben soll. Aber ich weiß, dass Lena sehr hartnäckig sein kann und sie garantiert weitergraben wird, wenn ich ihr nicht erzähle, was Sache ist. Noch einmal hole ich Luft. »Finn und ich haben uns nicht erst bei den Vorbereitungen zu eurer Hochzeit kennengelernt.«

»Ha, wusste ich's doch!« Sie sieht mich triumphierend an.

»Vor etwas mehr als vier Jahren«, beginne ich zu erzählen, »kurz nachdem ich meine Ausbildung zur Sommelière beendet hatte, habe ich auf einem Kreuzfahrtschiff angeheuert. Dort sollte ich für die Weinauswahl und den Weinservice im Gourmet-Restaurant zuständig sein. Die erste Fahrt ging von Hamburg aus zu den Kanaren, von dort aus dann weiter in die Karibik, nach Miami und New

York. Es klang nach dem Jackpot und genau so hat es sich angefühlt. Ich war völlig euphorisch, Crew und Gäste waren gut drauf, die Atmosphäre locker. Das Wetter und die tollen Locations taten ihr Übriges für die gute Stimmung. An meinem dritten Abend auf dem Schiff traf ich in der Crew-Bar zum ersten Mal auf Finn.«

Lena zieht ihre Beine an und dreht sich auf die Seite. Komplett mir zugewandt reibt sie sich die Hände. »Jetzt wird es spannend.«

Ihre Neugierde bringt mich zum Schmunzeln.

»Ich meine, du kennst Finn ja auch«, sage ich und sehe zu Lena hinüber, die enthusiastisch nickt. »Du weißt, wie charmant er sein kann und dass ihm Flirten im Blut liegt.«

»Seine Mix-Künste nicht zu vergessen«, steuert Lena bei.

»Richtig«, bestätige ich. »Manchmal hat er in der Crew-Bar einige seiner Tricks gezeigt, da wurden die anderen Barkeeper teilweise grün vor Neid. Es ist auch einfach sexy, wenn er die Shaker und Flaschen durch die Luft wirbelt.«

»Ich sollte das so kurz vor meiner Hochzeit vermutlich nicht sagen«, kommt erneut ein Kommentar von der Seite. »Aber halleluja! Das ist so was von sexy.«

»Jedenfalls kamen wir uns sehr schnell sehr nahe und hatten fünf Wochen lang eine sensationelle Zeit. Wann immer es ging, haben wir unsere freien Tage aufeinander abgestimmt, Landausflüge in der Karibik gemacht, in Miami gefeiert, in New York während des Gästewechsels sogar eine Nacht an Land verbracht.«

»Ich spüre, jetzt kommt ein großes ›Aber‹ in dieser märchenhaften Geschichte«, wirft Lena mit leiser Stimme ein.

Ich nicke. »Aber dann erhielt ich die Nachricht, dass mein Vater einen schweren Unfall hatte und ich auf unserem Weingut gebraucht werde. Von jetzt auf gleich bin ich abgereist. Ich stand damals unter Schock, konnte nicht klar denken. Finn und ich hatten nie Nummern ausgetauscht, da unsere Kabinen auf dem Schiff nur wenige Türen voneinander entfernt lagen und wir uns auch sonst häufig über den Weg gelaufen sind.«

Meine Auftraggeberin zieht eine Grimasse. »O nein, sag bloß, du hast nie wieder von dir hören lassen?«

»In der ersten Zeit zuhause war ich so mit der Situation überfordert, dass ich an nichts anderes als an das Überleben des Weinguts denken konnte. Ständig bin ich zwischen dem Krankenhaus und den Weinbergen gependelt. Es gab keinen Platz für etwas anderes. Plötzlich waren zwei Monate um – und es war mir einfach zu peinlich, über die Reederei Finns Kontaktdaten zu ermitteln, falls das überhaupt möglich gewesen wäre. Außerdem: Wer konnte mir schon sagen, ob Finn überhaupt noch einen Gedanken an mich verschwendet hat. Aus den Augen, aus dem Sinn, heißt es doch, oder?« Es klingt wie eine Ausrede, wenn ich mir selbst so zuhöre.

»Ach, Süße«, murmelt Lena und sieht mich mitleidig an.

»Das alles hat dazu geführt, dass Finn vier Jahre lang kein Lebenszeichen von mir bekommen hat und wir uns wegen deines Auftrags und deiner Connection zu Christian vor ein paar Tagen plötzlich hier im Hotel gegenüberstanden.«

»Das klingt ja, als hätte ich eurem Schicksal auf die Sprünge geholfen«, sagt Lena feixend, wird aber schnell wieder ernst. »Danke, dass du mir eure Geschichte erzählt hast.«

»Das Talent dafür, persönliche Dinge aus Menschen herauszukitzeln, liegt wohl in der Familie.«

Sie sieht mich verständnislos an.

»Direkt vor meinem Treppensturz habe ich deinem Onkel mein Herz ausgeschüttet. Der hatte es auch drauf, aus mir rauszuholen, was mir an dem Nachmittag auf der Seele lag.«

»Ja, das ist Henrys Gabe«, bestätigt seine Nichte. »Auf seinen Reisen vertrauen ihm die schrägsten Leute ihre Lebensgeschichte an.«

»Hey«, protestiere ich. »Ich bin nicht schräg.«

»Nein, du bist ein wenig durcheinander und mehr verliebt, als du zugeben möchtest.« Sie klimpert unschuldig mit den Wimpern, rollt sich aus dem Bett und zupft ihre Klamotten zurecht. »Dann gehe ich jetzt meinen Zukünftigen suchen und fahre mit ihm zu meinen Eltern. Meine Frau Mama hat sich schon wieder in irgendetwas hineingesteigert. Zum Glück ist Nico ein sehr talentierter Schwiegermutterflüsterer. Ich setze ihn immer ein, wenn ich eine Situation mit meiner Mutter entschärfen muss.«

»Dann wünsche ich euch einen schönen Nachmittag bei deinen Eltern.« Entspannt wird der in Anwesenheit von Frau von Hagen senior vermutlich nicht, füge ich in Gedanken hinzu und bin froh, aktuell nicht täglich Anrufe von ihr zu empfangen.

»Definiere schön«, höre ich Lena murmeln und muss schmunzeln. Sie nimmt ihre Handtasche vom Schreibtisch, wirft mir einen Luftkuss zu und ist schon fast bei der Tür, als mir etwas einfällt.

»Was war denn die gute Nachricht, von der du vorhin gesprochen hast?«, rufe ich.

Mit einem Strahlen im Gesicht dreht sie sich nochmals zu mir um. »Die Polizei hat den Typen geschnappt, der dich die Treppe hinuntergestoßen hat. Finns Cousine hat mir gesagt, dass sie dir das mitteilen wollte, du aber bisher auf keine ihrer Nachrichten reagiert hast.«

»Das ist ja super!«, sage ich und ärgere mich gleichzeitig über das blöde Screenverbot.

»Ja, am selben Abend noch. Er wollte mit dem Regionalzug von der Insel runter. Dank deiner guten Beschreibung hatte ich eine Ahnung, wer es gewesen sein könnte – und vor allen Dingen, hinter was beziehungsweise hinter wem er eigentlich her war. Ein Einbrecher auf der Suche nach Wertgegenständen war das nämlich nicht.«

Gebannt hänge ich an Lenas Lippen. »Hinter wem war er denn her?«

»Hinter seiner Frau.«

Meine Stirn liegt sicherlich in Falten, so angestrengt versuche ich, aus Lenas Information einen Sinn zu pressen. Vergeblich. »Er wollte bei euch im Haus seine Frau finden?«

»Ach ja, sorry. Ich glaube, du weißt gar nicht, dass wir die Reetkate nur alle paar Monate selbst nutzen. In der übrigen Zeit verbringen Frauen und Betreuerinnen aus zwei Frankfurter Frauenhäusern eine hoffentlich erholsame und eigentlich auch sichere Zeit auf Sylt.«

So langsam setzen sich die Puzzleteile in meinem Kopf zusammen. Lena und Nico hatten tatsächlich einmal erwähnt, dass sie sich in diesem Bereich engagieren. Dafür stellten sie also auch ihr Haus zur Verfügung. »War die Frau kurz vor dem Probeessen in eurer Kate?«

»Ja, genau.« Mit beiden Händen fährt Lena sich durch ihre Haare. »Und ich habe noch keine Ahnung, wie er von diesem Haus erfahren hat. Wir müssen unser komplettes Sicherheitskonzept auf den Kopf stellen und verbessern, bevor wieder Frauen auf die Insel kommen können.« Sie sieht zerknirscht aus.

»Bitte lass mich wissen, falls ich irgendetwas tun kann, um zu helfen«, sage ich, obwohl mir klar ist, dass ich momentan vermutlich wenig beitragen kann. »Ihr kümmert euch trotz dieses ganzen Stresses um mich – dabei sollt ihr euch doch einfach nur auf eure Hochzeit freuen. Ich weiß gar nicht, wie ich euch für alles danken soll.«

»Indem du schnell wieder fit wirst. Es tut uns wirklich unendlich leid, dass dir das in unserem Haus passieren musste.« Lena öffnet die Tür. »Oh, eine Sache könntest du wirklich tun.«

Ich sehe auf. »Ja?«

»Gib dir und Finn eine zweite Chance. Vielleicht ist die nächste Hochzeit, die wir feiern, dann ja eure.« Grinsend zieht Lena die Zimmertür hinter sich ins Schloss und ich bleibe mit einem Gedanken-Wirrwarr zurück. Kann es für Finn und mich überhaupt eine realistische Chance geben? Und falls ja, wie sollte die aussehen? Er auf Sylt, ich in meinem neuen Zuhause an der Mosel? Allein der Gedanke klingt schon kompliziert.

# Kapitel 14

♡

Finn versorgt mich weiterhin vor seinen Tagschichten mit Frühstück, verliert dabei aber kein Wort über unseren Kuss. Oder über seine Sicht auf das, was sich zwischen uns abspielt. Schwelgen wir nur in Erinnerungen oder trauen wir uns, gemeinsam neue zu schaffen?

Was nicht bedeutet, dass er sich distanziert verhält. Ganz im Gegenteil. In den letzten vier Tagen ist er in die Rolle meines persönlichen Assistenten geschlüpft. Wenn ich bis zur Hochzeit nicht von der Insel runterkomme, müssen der für die Feierlichkeiten ausgewählte Champagner sowie die diversen Weine ihren Weg nach Sylt ohne meine persönliche Begleitung finden. Dank der hervorragenden Verbindungen, die Finn und Sinje zu Händlern und Gastronomen auf Sylt haben, konnten wir dafür sorgen, dass selbst ausgefallene Sorten rechtzeitig zum großen Tag hier sein werden. Bei meinem Bruder habe ich telefonisch ebenfalls eine entsprechende Bestellung platziert, die in Kürze per Kurier ihre Fahrt in den Norden antritt.

Außerdem flirtet er in einem fort mit mir und seine Cocktailkreationen, mit denen er mich immer wieder überrascht, sind das heimliche Highlight meiner sehr eintönigen Tage. Manchmal sind sie Teil der Frühstücksauswahl, andere Male kommt Finn nach seiner Schicht noch kurz mit einer neuen Demonstration seiner Mixkünste vorbei. Auf dieses eine Zimmer beschränkt zu sein, nicht fernsehen zu dürfen, kein Surfen im Internet, kein Scrollen durch Social Media – da bleibt nicht gerade viel an Unterhaltungswert.

Mein Vater war mehrere Monate im Krankenhaus. Ich liege seit nicht einmal einer Woche in einem luxuriösen Hotelzimmer und bin kurz davor, die Wände hochzugehen. Jede weitere Minute, die vergeht, kann ich mehr nachempfinden, wie er sich gefühlt haben muss.

Seit zwei Tagen sind meine Kopfschmerzen weg. Auch die Schwellungen an Armen, Beinen und Rücken sind deutlich zurückgegangen. Ich lechze nach Aktivität. Aber Finn spielt nach wie vor den strengen Aufpasser. Immerhin ein kurzer Spaziergang am Wattenmeer war gestern Abend drin. Unter Aufsicht, natürlich.

Und so fiebere ich Finns täglichen Besuchen regelrecht entgegen. Was, wenn ich ganz ehrlich zu mir bin – und ich habe aktuell seeehr viel Zeit, Dinge in meinem Kopf in ihre Einzelteile zu zerlegen –, nicht nur mit seinem Talent bei der Aromenkomposition zu tun haben könnte. Ich habe Finn gerne um mich. Punkt.

Gut, vielleicht nicht zu jeder Uhrzeit. Heute reißt mich ein lautes Klopfen aus dem Schlaf. Als ich mich hochrapple, geht schon meine Zimmertür auf und Finn betritt mit einem voll beladenen Tablett den Raum. Schlaftrunken blinzle ich ihn an.

»Guten Morgen, Lieblingssommelière!«

Finn sieht aus wie das blühende Leben, während ich mich aktuell noch fühle wie eine Bärin, deren Winterschlaf vorzeitig beendet wurde. Mit einem Gähnen lasse ich mich zurück in die Kissen fallen. »Geh weg«, sage ich und ziehe mir die Bettdecke über den Kopf.

Ohne auf meinen Kommentar einzugehen, höre ich, wie er das Tablett auf dem Schreibtisch abstellt und dann alle Vorhänge öffnet. Ein Grund mehr, den Kopf schön unter der Decke zu lassen.

Als die Matratze des Kingsize-Bettes auf der freien Seite etwas nach unten geht, luge ich aus meinem Bettdeckenkokon hervor. Ein strahlendes Lächeln ist das Erste, was ich sehe. Finns Augen schieben sich in mein Blickfeld. Er legt den Kopf schief und hält mir ein Croissant vor die Nase, als würde er versuchen, ein Kaninchen dazu zu verführen, freiwillig seinen Bau zu verlassen.

Das Gebäck duftet köstlich. Außerdem erschnuppere ich … »Kaffee.« Meine Stimme klingt heiser. Ich räuspere mich und schiebe meinen Körper in Richtung des gepolsterten Kopfteils des Bettes. Nach einer Minute habe ich es in eine Sitzposition geschafft.

Finn beobachtet meine Bemühungen amüsiert. Erst als ich nochmals ausgiebig gähne, hat er Erbarmen und holt das Frühstückstablett herüber zum Bett. Er stellt es so ab, dass die ausklappbaren Beine des Tabletts links und rechts neben meinen Oberschenkeln auf der Bettdecke Halt finden. Dann geht er zur anderen Bettseite und nimmt schwungvoll Platz. Das Frühstücksgeschirr klirrt aneinander und ich kann durch beherztes Stabilisieren des

Servierbretts gerade noch verhindern, dass der Kaffee aus den beiden Tassen überschwappt.

»Bitte nicht so stürmisch am frühen Morgen!« Ich werfe ihm einen tadelnden Blick zu.

Während ich mich in Finns frechem Schmunzeln verliere, schießt dessen Hand herüber und schnappt sich das Croissant, mit dem er mich vor wenigen Minuten unter der Decke hervorgelockt hat. Das *einzige* Croissant in der Frühstückauswahl.

»Hey!«, protestiere ich und ziehe eine Schnute.

»Irgendeine Entschädigung für mein frühes Aufstehen muss es ja geben«, sagt Finn und beißt im nächsten Augenblick genüsslich in *mein* Croissant.

Ich nehme einen Schluck Milchkaffee und seufze zufrieden. Genau die richtige Kombination aus Kaffee, Milch und Süße. Nach zwei weiteren Schlucken drehe ich mich zu Finn, der sich inzwischen am Obstsalat bedient hat und nun dabei ist, sich eine Gabel voll Kräuterrührei in den Mund zu schieben.

»Was?«, fragt er nuschelnd, als er meinen Blick auffängt. »Wir haben heute viel vor. Da muss ich mich stärken.«

»Wir haben etwas vor? Heißt das, ich darf dieses Zimmer verlassen? Für mehrere Stunden?« Sofort bin ich hellwach.

»Nachdem du die letzten Tage so brav warst, hab ich eine Überraschung für dich«, bestätigt er und tunkt den Rest des Croissants in die kleine Schale mit Nutella, die sich auf dem Brett befindet. Diesmal ist es meine Hand, die vorschnellt und zupackt. Ich umfasse sein Handgelenk und führe damit das Croissant nah an mein Gesicht heran.

Dann schaue ich ihm tief in die Augen, klimpere mit den Wimpern und beiße zu. Finn entfährt ein lautes Lachen, das er dämpft, indem er sein Handgelenk aus meinem Griff windet und sich blitzschnell den letzten Bissen des Croissants in den Mund stopft.

Grinsend wie zwei Honigkuchenpferde sehen wir uns an. Frühstück im Bett mit Finn Friedrichsen. Etwas, das wir in den wenigen Wochen unseres Zusammenseins auf dem Schiff nicht gemeinsam erlebt haben. Erneut taucht die Frage in meinem Kopf auf, was wir hier eigentlich machen. Steuern wir auf eine Freundschaft zu? Auf mehr?

Und wieder spreche ich meine Fragen nicht aus.

Bei einem weiteren Schluck Milchkaffee versuche ich, die Gedanken aus meinem Kopf zu vertreiben und mich auf das Frühstücksangebot vor mir zu konzentrieren. Finn hat eine schöne Auswahl zusammengestellt. Bei seinem Esstempo bin ich allerdings gespannt, was davon für mich übrig bleibt. Ich nehme eines der kleinen Spießchen mit Babymozzarella und Cocktailtomaten in die Hand und tue so, als sei es ein Dolch, mit dem ich auf Finns Brust ziele. »Verrätst du mir freiwillig, was wir heute machen? Oder braucht es dazu eine gewisse Ermunterung?«

»Wenn du mir den Zahnstocher in die Haut bohrst, erfährst du garantiert nichts. Aber einer sanfteren Art der *Ermunterung*«, seine Mundwinkel zucken bei der Betonung dieses Wortes, »wäre ich nicht abgeneigt.« Jetzt ist er es, der mit den Wimpern klimpert. »In diesem Zusammenhang …« Er lässt die Andeutung im Raum stehen und zaubert neben dem Bett ein Cocktailglas hervor, das mir vorher gar nicht aufgefallen war. »Die Kreation des Tages.«

Er hält mir das Glas hin, das ich sofort nehme, um einen Schluck vom Inhalt zu probieren.

»Das ist ein Sex on the Bed.«

Hustend stelle ich das Glas auf dem Tablett ab.

Mit Unschuldsmiene sieht er mich an. »Was? Das ist quasi ein Sex on the Beach, nur ohne Alkohol. Da fand ich den Namen ganz passend.«

»Hm, ich frage dich jetzt lieber nicht, auf was du damit anspielst.«

»Anspielen? Ich? Keine Ahnung, was du meinst. Wir hatten schließlich nie Sex on the Beach. Übrigens auch keinen Sex on the Bed, wenn ich so darüber nachdenke. Unser Drink müsste Sex in the Water heißen oder Sex on …«

Ich pflücke die Orangenscheibe vom Glasrand und werfe sie nach ihm, damit er aufhört zu reden.

Bei den sehr beengten Wohnverhältnissen im Crewbereich des Schiffes und der oftmals fehlenden Privatsphäre mussten wir an unseren freien Tagen kreativ werden. Was uns durchaus gut gelungen ist. Die Erinnerungen daran treiben mir noch mehr Hitze ins Gesicht – und nicht nur dahin.

»W… was machen wir heute?« Ich streiche die Bettdecke glatt und versuche, mir nicht anmerken zu lassen, dass seine Worte bei mir für hormonellen Aufruhr gesorgt haben.

***

Wenn er sich etwas in den Kopf gesetzt hat, kann er sehr hartnäckig sein, der Herr Friedrichsen. Noch immer habe ich keine Ahnung, wohin es heute geht. Eine halbe Stunde gönnt er mir, um mich fertig zu machen – und ich habe strenge Anweisungen zu beachten, was meine Kleiderwahl angeht. Jeans, feste Schuhe, Zwiebellook aus Top, Langarmshirt, Pulli und Windjacke. Dabei verspricht das Thermometer, das bereits um die frühe Uhrzeit auf zwanzig Grad geklettert ist, einen sommerlich warmen Septembertag.

Auf unserem Weg nach draußen verschwindet Finn im Erdgeschoss des Hotels kurz in einem Bereich für die Hotelangestellten. Als er wieder auftaucht, trägt er über seinem grauen T-Shirt eine schwarze Lederjacke im Bikerlook, in der Hand hält er eine Umhängetasche. Langsam dämmert mir, wieso er ein solches Aufheben um mein Outfit gemacht hat. Mein Verdacht erhärtet sich, als wir das Gebäude verlassen. Finn geht nämlich zielstrebig am Fahrradständer neben dem Hoteleingang vorbei und steuert ein schwarzes Motorrad an. Auf jeder Seite des Lenkers hängt ein ebenfalls schwarzer Helm.

Motorradfahren ist etwas, von dem ich mich immer ferngehalten habe. Auf den kurvigen Strecken im Rheingau passierten während meiner Kindheit und Jugend so viele Unfälle, dass es an sonnigen, nicht zu heißen Tagen im Volksmund häufig hieß: »Heute ist wieder Organspendertag.«

Skeptisch beäuge ich das Bike.

»Hast du schon einmal auf einem Motorrad gesessen?«

»Nein«, gebe ich zu.

»Wir drehen eine kurze Proberunde ums Hotel. Falls es dir zu viel Angst macht, nehmen wir dein Auto. Okay?«

»Okay.«

Zunächst umklammere ich in einer Art Todesgriff Finns Brustkorb. Aber schon nach wenigen Minuten Fahrt werde ich deutlich entspannter. Eng an den Fahrer in seiner heißen Lederjacke geschmiegt, fühle ich mich schon bald sicher. Ich bekomme sogar eine Ahnung davon, wieso viele Biker von einem Freiheitsgefühl beim Fahren sprechen.

Obwohl ich die Strecke von List nach Westerland vor dem Unfall mehrfach gefahren bin, kommt es mir heute so vor, als hätte ich zum ersten Mal wirklich Augen für die Schönheit der Landschaft. Vielleicht liegt es daran, dass ich nicht selbst am Steuer sitze und aufmerksamer sein kann für das, was abseits der Straße zu sehen ist. Vielleicht trägt auch mein Herz dazu bei, das sich ein wenig geöffnet hat und nicht mehr so angespannt in meiner Brust sitzt wie in den ersten Tagen auf der Insel. Eines ist sicher: Das Wiedersehen mit Finn hat etliches in mir durcheinandergewirbelt – und auch an der ein oder anderen Stelle neu zusammengesetzt.

Heute jedenfalls genieße ich jeden Meter zwischen List und Kampen. In der Mitte des teuersten Dorfes der Insel nimmt Finn eine Abzweigung und kurz darauf rufe ich dem Leuchtturm, der rechter Hand auftaucht, ein ausgelassenes »Juhu« entgegen.

Die Fahrt geht durch wunderschöne Dünen- und Heidelandschaften. Es ist flach genug, dass man weit sehen kann, aber nicht so flach, dass es fürs Auge langweilig wird. Wir passieren traumhafte Reetdachhäuser, idyllische Wiesen und Weideflächen mit Schafen und Rindern. Die Straße, auf der wir entlangdüsen, führt nah am Wattenmeer entlang.

Ohne Vorankündigung biegt Finn plötzlich auf den Parkplatz an einer großen Kirche ein. Das Gotteshaus befindet sich inmitten von gelb blühenden Feldern.

»Du willst mit mir in die Kirche?«, frage ich, als Finn den Motor des Bikes ausgestellt hat.

»Nur falls du sie von innen sehen möchtest, wo wir schon mal hier sind. Ansonsten habe ich völlig andere Pläne für dich.« Er zieht einen Seidenschal aus seiner Jackentasche und bedeutet mir, den Helm abzunehmen.

»Was hast du vor? Erotische Spielchen an verbotenen Orten?«

»Interessant, wohin deine Gedanken so wandern.« Grinsend schüttelt er den Kopf. »Du sollst bloß nicht sehen, wohin es geht.«

»Das ist nicht dein Ernst. Ich soll mir wirklich die Augen verbinden?«

Finn hilft mir vom Motorrad und tritt hinter mich. Ich protestiere nicht, als er den Schal über meine Augenpartie drapiert und behutsam an meinem Hinterkopf verknotet.

Mit einer Hand an meinem unteren Rücken und einer auf meinem Arm führt er mich etliche hundert Meter weit. Hin und wieder höre ich Motorengeräusche vorbeifahrender Autos in der Nähe. Ansonsten lausche ich nur dem Wind. Meine Füße bewegen sich auf einem sandigen Weg. Nach einer Weile wird der Untergrund uneben. Kurz darauf stoppen wir.

Ich höre, wie Finn in der mitgebrachten Tasche kramt. Dann vernehme ich ein Geräusch, das ich überall erkennen würde: Das eines Korkens, der aus einem Flaschenhals gezogen wird.

Finns Hand legt sich über meine und führt meine Finger um den Stil eines Weinglases. »Hier kommt dein erster und einziger Hinweis auf die Überraschung, die auf dich wartet.«

Ich hebe das Glas an und schnuppere am Inhalt. Definitiv Wein, aber ich kann nicht sofort ausmachen, welche Rebsorte. Interessant. Ich nehme einen kleinen Schluck und bewege die Flüssigkeit in meinem Mund. »Mineralisch«, murmele ich. »Noten von Quitte und Birne.« Ich nehme noch einen Schluck. »Und irgendwie grasig.« So eine Sorte habe ich noch nie zuvor gekostet.

»Hast du eine Ahnung, was deine Überraschung sein könnte?«

»Machen wir eine Weinprobe?«

»Die ist bereits vorbei. Man könnte sagen, du hast gerade an der kürzesten Weinprobe aller Zeiten teilgenommen.«

»Okay, wir verkosten also nur diesen einen Wein.« Mit meiner freien Hand taste ich nach dem Knoten, der das Tuch um meine Augen zusammenhält. »Dann kann ich das Ding ja jetzt wieder abnehmen.«

Finns Hände legen sich um meine. »Nicht so schnell. Es geht doch nichts über eine kleine Herausforderung. Du darfst sie abnehmen, wenn du mir sagst, welchen Wein du gerade probiert hast.«

»Erinnert an einen Vinho verde«, sage ich nachdenklich. »Aber mit höherem Alkoholgehalt.« Erneut führe ich das Glas zu meinem Mund, verschätze mich jedoch beim Winkel und nicht der komplette Schluck landet dort, wo er hinsollte. Etwas Wein tropft aus meinem Mundwinkel und läuft mein Kinn hinab. Noch bevor ich selbst reagieren kann, spüre ich, wie Finns Finger die paar Tropfen auffangen. Er führt eine seiner Fingerspitzen an meine Lippen und streicht den Wein darauf. Unwillkürlich fahre ich mit der Zunge darüber.

»Du bist so verdammt sexy.« Finns Stimme ist ein heiseres Flüstern an meinem Ohr. Seinen Atem spüre ich auf meiner Haut. »Bleib nach der Hochzeit noch«, raunt er unvermittelt.

Ich halte die Luft an. Es ist das erste Mal in den letzten Tagen, dass Finn durchblicken lässt, dass er mich gerne noch etwas in seiner Nähe haben möchte. Und so sehr auch ich ein wenig mehr austesten will, was aus uns werden kann … »Ich fliege demnächst für zwei Monate nach Japan, um meine Sake-Ausbildung abzuschließen.«

Finn gibt keinerlei Laut von sich. Durch die Augenbinde habe ich keine Möglichkeit, auch nur im Ansatz zu erkennen, was in ihm vorgeht.

Als er mir kurz darauf den Seidenschal abnimmt, hat er sein typisches charmantes Lächeln aufgesetzt. Nur widerwillig wende ich meinen Blick von seinem Gesicht ab, um endlich zu erfahren, wohin er mich gebracht hat.

Wir stehen mitten in einem Weinberg – oder vielmehr einer Weinwiese. Ungläubig schüttle ich den Kopf.

»Moment. Wir sind doch immer noch auf Sylt. Hier gibt es einen Weinberg?«

»Einen sehr kleinen. Was du gerade gekostet hast, nennt sich Sölviin. Davon werden gerade einmal 1300 Flaschen jährlich hergestellt.«

»Auf jeden Fall sehr speziell im Geschmack – auf eine gute Art«, schicke ich schnell hinterher. »Danke, dass du mich hierhergebracht hast.«

Wir stehen nah voreinander und ich kann dabei zusehen, wie sich hinter Finns Stirn etwas zusammenbraut. Sein Lächeln vertieft sich nämlich millisekündlich.

»Ich könnte dir noch viel mehr besondere Orte zeigen. Bist du sicher, dass du nicht bleiben kannst?«

Könnte er seinen Charme abfüllen und in Flaschen verkaufen, würde er ein Vermögen machen. Ich kann nicht anders, als sein Lächeln zu erwidern. »Vielleicht ein paar Tage.«

Seine Augen leuchten, während sie über mein Gesicht wandern und an meinem Mund hängen bleiben. Und dann passiert endlich, was mein Herz sich seit Tagen wünscht. Wie ferngesteuert finden sich unsere Lippen. Aus einem blütenzarten Herantasten wird schnell ein leidenschaftlicher Dialog ohne Worte. Es ist, als ob sich eine Art Blockade in mir löst. Mit beiden Händen greife ich in Finns Haare und genieße das Gefühl der weichen Strähnen zwischen meinen Fingern. In meiner Blutbahn führen die Endorphine einen Freudentanz auf, als seine Finger unter meine vielen Lagen gleiten und auf nackte Haut treffen.

Der Klingelton meines Handys lässt uns beide zurückschrecken, als wären wir im Begriff gewesen, etwas

Verbotenes zu tun. Ich seufze, denn ich bin sicher, dieser Kuss wäre nur eines geworden: verboten gut.

Die Buchstaben BMdG leuchten mir vom Display entgegen. Natürlich.

»Frau von Hagen, wie schön, von Ihnen zu hören. Was kann ich heute für Sie tun?«

Ich gehe einige Schritte und lausche den Ausführungen von Lenas Mutter zum feierlichen Öffnen des Champagners.

»Zu welchem Zeitpunkt möchten Sie das Sabrieren denn einplanen?«, hake ich nach.

»Direkt nach der standesamtlichen Trauung im kleinen Kreis«, sagt Frau von Hagen bestimmt. »Und dann noch einmal für die restlichen Gäste, sobald alle nach der freien Zeremonie ihre Plätze am Tisch eingenommen haben. Es ist doch immer eine schöne Geste, gemeinsam auf das Brautpaar anzustoßen. Finden Sie nicht?«

»Unbedingt. Dann machen wir das so.«

Wie gewohnt ohne Verabschiedung beendet sie das Telefonat und ich fluche innerlich. Mist. Den Champagnersäbel habe ich komplett vergessen.

»Du weißt nicht zufällig, wo ich hier auf der Insel kurzfristig einen Säbel für das Sabrieren von Champagnerflaschen ausleihen kann?«, wende ich mich an Finn. »So wie es aussieht, soll meine kleine Darbietung die Attraktion nach der Trauung werden.«

Augenblicklich beginnt sein Gesicht zu strahlen. »Ich weiß genau, wo wir den perfekten Säbel für dich auftreiben.«

Hätte ich mir ja denken können, dass Finn Friedrichsen nicht nur geheime Weinberge auf Deutschlands nördlichster Insel kennt, sondern auch noch einen Säbel-Dealer an der Hand hat.

»Um eine Waffe, mit der du übermorgen den Champagner köpfen kannst, kümmern wir uns gleich.« Mit einer überschwänglichen Geste zieht er mich an sich. »Zuerst haben wir hier noch etwas zu erledigen.« Seine Nasenspitze stupst an meine. »Also, wo waren wir?«

***

»Das sieht gar nicht aus wie ein Restaurant.« Vor einem rot verklinkerten Einfamilienhaus steigen wir vom Motorrad.

»Ein Restaurant? Nein, natürlich nicht.«

»Finn, wo genau sind wir hier?«

»Bei meinen Eltern.«

»Bei … bei …« Ich räuspere mich. »Bei deinen Eltern?«

»Meine Wohnung liegt im Dachgeschoss.«

»Aber ich dachte, wir besorgen einen Säbel.«

»Das machen wir auch.«

»Bei deinen Eltern?«, kiekse ich.

Mitten auf dem Gehweg gibt Finn mir einen Kuss. »Süß, du bist nervös. Keine Sorge, die sind beide bei der Arbeit.«

»Nervös?!« Ist das meine Stimme, die so schrill klingt? »Nervös?«, versuche ich es nochmals drei Oktaven tiefer. »Kein bisschen.«

Finn ist schon auf dem halben Weg zur Tür. Gleichermaßen gespannt und aufgeregt stolpere ich hinterher.

Wenige Augenblicke später wird meine Neugier auf Finns Wohnung befriedigt. Sie zieht sich über das komplette Obergeschoss. Dachschrägen und viele Naturtöne lassen sie sehr heimelig wirken. Im hellen Wohnzimmer, das zum hinteren Garten hinausgeht, stehen zwei bunte Surfboards in der Ecke.

Aus einem Sideboard, auf dem ein großer Flachbildfernseher steht, holt Finn einen länglichen Kasten aus dunkelrotem Kunstleder mit einem silbernen Schnappverschluss hervor. »Kommen wir zum eigentlichen Grund, wieso wir hier sind.«

»Ist das der Moment, wo du mir deine Briefmarkensammlung zeigst?«

Ganz ohne Retourkutsche stellt er den Koffer auf dem Couchtisch ab, lässt den Verschluss aufschnappen und öffnet langsam den Deckel.

Ich schlucke. »Keine Briefmarken«, hauche ich.

»Keine Briefmarken«, bestätigt Finn ganz ohne sein typisches Schmunzeln.

»Darf ich?« Vorsichtig nehme ich den Champagnersäbel aus der Halterung im Koffer. Meine Finger schmiegen sich um den hölzernen Griff. Er liegt so gut in der Hand, wie ich es mir von dem Säbel vorgestellt habe, den ich damals auf Ebay im Auge hatte. Die Klinge glänzt und hat ein solides Gewicht. Ich mache einige Sabrier-Bewegungen mit dem Säbel und lege ihn dann zurück in den Kasten. Ein letztes Mal fahre ich mit zwei Fingern über die Maserung des Holzes am Griff. »Sieht aus wie Olivenholz«, murmle ich vor mich hin.

»Das ist es.«

»Ein sehr schönes Stück«, sage ich und sehe Finn an. »Ehrlich gesagt bin ich ein wenig neidisch. Als wir damals auf dem Schiff waren, habe ich versucht, einen zu ersteigern, der genauso aussah. Aber das hat leider nicht geklappt.«

»Ich weiß. Du musstest damals für einen erkrankten Kollegen einspringen und hast das Ende der Auktion verpasst.«

»Stimmt. Witzig, dass du dich daran noch erinnerst.«

»Ich erinnere mich deshalb so genau, weil ich damals die Auktion gewonnen habe.«

»Was? Wie?«, stammele ich verwirrt.

Finn zeigt lediglich auf den Säbel. »Das ist deiner. Hast du die Gravur gar nicht bemerkt?«

Ich drehe den Champagnersäbel um, sodass die andere Seite der Klinge oben liegt. Tatsächlich. In einer feinen Schrift ist ganz klein mein Name darauf graviert. Daneben zwei Champagnerflaschen, deren Hälse sich berühren.

Verdutzt gebe ich Finn den Säbel zurück, der ihn verstaut. Mit einer lässigen Bewegung klappt er den Deckel zu, lässt den Verschluss einrasten und hält mir den Koffer hin. »Jetzt musst du keinen Champagnersäbel mehr leihen, Charlie.«

Noch immer völlig perplex von seinem Geschenk folge ich ihm wenig später ins Erdgeschoss. Als er die Haustür öffnet, kommt uns eine Frau mit blonder Kurzhaarfrisur entgegen.

»Hallo, Mama.« Finn umarmt seine Mutter kurz. »Wir sind schon wieder auf dem Sprung.«

Interessiert sieht sie zwischen ihrem Sohn und mir hin und her.

»Das ist Charlotte Krämer. Sie arbeitet als Weinberaterin für die Hochzeit von Lena und Nico.« Finns Stimme klingt nicht ganz so selbstsicher wie sonst.

»Charlie«, sage ich und halte ihr die Hand hin.

»Charlie?«, wiederholt sie meinen Namen. Dann sieht sie fragend zu ihrem Sohn. »Doch nicht etwa *die* Charlie?«

Finn sieht aus, als hätte seine Mutter ihn gerade mit den Fingern in der Keksdose erwischt. Eine zarte Röte überzieht seine Wangen.

In ihrer Stimme schwingt Freude mit, als sie weiterspricht und meine Hand mit ihren beiden umschließt. »Ich freue mich sehr, dich endlich kennenzulernen.«

Endlich? Ich sehe zu Finn hinüber, der sehr interessiert das Blumenbeet neben dem Hauseingang beäugt. Zeit, etwas genauer nachzuhaken. »Finn hat von mir erzählt?«

Sie nickt enthusiastisch. Noch immer hält sie meine Hand umschlossen. »Du warst die erste Frau, über die er mit uns so viel gesprochen hat. Ganz geknickt war er damals, als du dich einfach nicht mehr gemeldet hast. Deshalb freut es mich so sehr, dass ihr euch offenbar nach all den Jahren wiedergefunden habt.« Sie lässt meine Hand los und drückt mich an sich. Dabei strahlt sie so viel Freude aus, dass ich gar nicht anders kann, als ihre Umarmung zu erwidern.

»Wohnst du denn jetzt auch auf Sylt, Charlie?«, möchte Finns Mutter noch von mir wissen.

Finn greift nach meiner Hand. »Tut mir leid, Mama. Wir müssen jetzt los«, sagt er schnell und zieht mich zum Motorrad.

Verdattert stolpere ich hinter ihm her.

Am Bike angekommen, reicht er mir meinen Helm. »Komm, steig auf. Lass uns einfach weiter diesen Tag genießen.« Mit einem Lächeln, das nicht seine Augen erreicht, klopft Finn auf den Sattel des Motorrads.

# Kapitel 15

♡

Mist. Anstatt jede freie Minute in den letzten beiden Tagen mit Gedanken an Finn zu verschwenden und mir den Kopf darüber zu zerbrechen, ob es für uns so etwas wie eine Chance auf eine gemeinsame Zukunft überhaupt geben kann, hätte ich mich lieber darum kümmern sollen, ein Outfit für das heutige Event zu finden. Das, was ich für die Society-Hochzeit des Spätsommers schon vor Wochen ausgesucht habe, hängt nämlich in meinem Haus an der Mosel.

Unschlüssig drehe ich mich noch einmal vor dem Spiegel. Ob ich damit heute als sehr underdressed heraussteche? Du gehörst bloß zum Personal, beruhige ich mich selbst. Niemand wird dir Beachtung schenken. Es ist ja nicht so, als ob du die Braut wärst. Bei diesem Gedanken flackert kurz ein Bild vor meinem inneren Auge auf. In einem weißen bodenlangen Kleid stehe ich auf der Aussichtsplattform über den Dünen, die ich vorgestern zum Abschluss unseres Ausflugs mit Finn besucht habe. Er kommt in einem hellen Anzug langsam die Stufen herauf. Hui, jetzt geht meine Fantasie wohl wirklich mit mir durch. Ich blinzle einige Male und versuche, mich wieder auf mein Spiegelbild zu konzentrieren. Das kupferfarbene Hemdblusenkleid aus Seide, welches ich für das Probeessen im Gepäck hatte, muss nun als Outfit für den Hochzeitstag von Lena und Nico herhalten. Mit einem letzten prüfenden Blick zupfe ich den Ausschnitt zurecht und lege einen filigranen goldenen Armreif an. Dann schnappe ich mir meine Handtasche und meine Sonnenbrille und mache mich auf den Weg in die Lobby.

Finns Blick, als ich wenig später aus dem Fahrstuhl steige, sagt mir, dass ich mit dem Kleid nicht die schlechteste Wahl getroffen habe.

»Mylady.« Galant hält er mir seinen Arm hin.

»Heute ganz Gentleman?« Bevor ich mich bei ihm einhake, rücke ich seine sandfarbene Fliege zurecht, die er zu einem hellblauen Anzug trägt. Eine ungewöhnliche Farbe, aber zu Finn passt sie perfekt.

»Bin ich das nicht immer?« Er zwinkert mir zu. »Es wäre mir eine Freude, Sie zu diesem Fest zu geleiten«, fällt er wieder in seine Rolle zurück.

»Dir ist schon klar, dass wir in erster Linie zum Arbeiten auf dieser Hochzeit sind?«

»Dennoch können wir das Beste daraus machen.«

»Auch wieder wahr.« Lachend nehme ich meinen Autoschlüssel aus meiner Handtasche. Meinen Wagen haben wir in aller Herrgottsfrühe schon mit allem vollgepackt, was wir heute brauchen. Sämtliche Getränke für den Empfang nach der standesamtlichen Trauung waren über Nacht bei Sinje im Kühlhaus und werden heute von ihr in professionellen Kühlboxen direkt zum Standesamt gefahren. Ein sehr spezielles Standesamt, wie Finn nicht müde wird zu betonen.

Dementsprechend gespannt bin ich, als wir uns auf den Weg machen.

Heute erlebe ich zum ersten Mal eine Fahrt von einem zum anderen Ende dieser lang gestreckten Insel. Die Trauung von Lena und Nico findet nämlich an der Südspitze von Sylt statt.

Ich staune nicht schlecht, als Finn mich auf einen sandigen Parkplatz an einem Leuchtturm lotst. »Ist das etwa das Standesamt?«

Er nickt. »Das hat was, oder?«

»Genial.« Um das rot-weiß gestreifte Gebäude erfassen zu können, muss ich mich vorbeugen. Den Blick nach oben gerichtet, lasse ich den Wagen langsam weiterrollen. Die Spitze des Leuchtturms ragt, umrahmt von einigen Schäfchenwolken, in den blauen Sylter Himmel. Ein Postkartenmotiv. Oder eben die zauberhafte Kulisse für eine Hochzeit.

Sinjes Transporter mit dem Logo von *Inselliebe Catering* steht bereits auf einem der hinteren Plätze, die fast an die Strandpromenade grenzen. Als ich meinen Kombi direkt daneben einparke, kommt Sinje aus Richtung Strand auf uns zugelaufen.

»Moin«, ruft sie mit einem fröhlichen Lachen und zeigt in den Himmel. »Lenas legendäre Beziehungen scheinen bis da oben zu reichen. Wenn das mal kein perfektes Hochzeitswetter ist, dann weiß ich auch nicht.«

»Dass sie mit Petrus einen Deal gedreht hat, ist ihr auf jeden Fall zuzutrauen«, ruft Finn aus dem offenen Fenster auf der Beifahrerseite und hält Sinje seine Hand zum Abklatschen hin.

»Die drei Stehtische mit Hussen habe ich schon am Strand aufgestellt. Hilfst du mir, den Tisch, auf dem wir die Getränke bereitstellen, nach unten zu tragen?«, fragt Sinje an Finn gerichtet.

»Wir machen den Empfang gar nicht am Eingang des Leuchtturms?«, will ich erstaunt wissen.

Sinje zieht ihre Mundwinkel nach unten. »Das ist leider nicht erlaubt. Ich finde es auch sehr schade, denn dort neben dem imposanten Turm zu stehen, ist schon ein besonderes Erlebnis. Aber …«, sie zeigt über ihre Schulter, »mit dem Strand vorliebnehmen zu müssen, ist nicht das Schlimmste.«

»Da hast du recht.«

Zu dritt arbeiten wir uns zügig durch die To-do-Liste mit den Vorbereitungen. Da wir nur fünfzehn Gäste bewirten, sind nicht allzu viele Kühlboxen zu schleppen. Finn und ich sind gerade dabei, die letzten Transportkisten mit Gläsern aus Sinjes Transporter zu holen, als ein älterer Mann mit Schiffermütze an uns vorbeigeht. Er nickt uns kurz zu und biegt in den schmalen Fußweg ein, der zum Leuchtturm führt.

Finn wirft einen Blick auf seine Uhr, stellt dann die Kiste, die er schon in den Händen hielt, zurück in den Transporter und nimmt mir auch meine Kiste ab. Mit Schmackes schmeißt er die Schiebetür zu und zieht mich mit sich zu dem Weg, den der Mann mit der Mütze genommen hat.

»Wo willst du denn hin? Wir müssen doch noch fertig aufbauen!«, quieke ich.

Ohne etwas zu erwidern, beschleunigt Finn seinen Schritt. Ich stolpere hinter ihm her zu einer Wegbiegung. Kaum sind wir um die Kurve, haben wir zum ersten Mal einen freien Blick auf den Leuchtturm in seiner gesamten Schönheit.

Wenige Meter vor uns zieht der ältere Herr umständlich einen großen Schlüsselbund aus seiner Hosentasche. Damit macht er sich an der Tür zu schaffen, die er schließlich aufschiebt, um dann im Inneren des Leuchtturms zu verschwinden. Nur wenige Sekunden später taucht er wieder auf. In seiner rechten Hand hält er einen hölzernen Keil, den er unter der offenen Tür platziert und dann mit dem Fuß fest darunter verkeilt. So bleibt die alte Holztür weit geöffnet, egal, wie viele Windböen an ihr rütteln, wovor man auf der Insel auch bei sommerlich schönem Wetter nie gefeit ist.

Finn lässt meine Hand los und joggt zu dem Herrn, den ich für den Leuchtturmführer halte. Die beiden unterhalten sich. Einige Satzfetzen dringen zu mir herüber. »Standesbeamtin … Halbe Stunde … Beeilen.«

Mit einem verwegenen Grinsen im Gesicht kommt Finn schnellen Schrittes auf mich zu. Wieder nimmt er wortlos meine Hand und führt mich zum Eingang des Leuchtturms. Als wir die ersten Stufen erklimmen, sagt er: »Wir haben nur ein paar Minuten, aber ich verspreche dir, es lohnt sich!«

Etliche Stufen später stehen wir in einem Raum, der eine komplette Etage des Leuchtturms ausfüllt. Merkwürdig, das sieht aus wie ein Klassenzimmer.

»Hier bin ich zur Schule gegangen«, verkündet Finn, dreht sich jedoch nicht schnell genug von mir weg, sodass ich seine zuckenden Mundwinkel erkennen kann, bevor er mir seinen Rücken zuwendet.

In dem runden Zimmer sind kleine Tische und Stühle aufgestellt. Wie in einem richtigen Klassenzimmer gibt es eine Tafel. Darüber hinaus sind altertümliche Projektoren, Zeigestöcke und eine Art Keyboard ausgestellt. An den Wänden hängen gerahmte Plakate und etliche Schwarz-Weiß-Fotografien, die Schüler und Lehrer in diesem ungewöhnlichen Schulzimmer zeigen.

»Bist du nicht«, sage ich schmunzelnd.

»Bin ich nicht«, gibt er zu. »Aber rein theoretisch könnte hier einer meiner Vorfahren die Schulbank gedrückt haben. Leider haben wir keine Zeit, um herauszufinden, ob das wahr ist, denn ich habe dem Leuchtturmführer versprochen, dass wir hier raus sind, bevor die Standesbeamtin kommt.« Er schiebt mich zur Treppe, die nach oben führt. »Und bis dahin habe ich Pläne mit dir.«

Auf der siebten Ebene des historischen Turms betreten wir das hinreißende Trauzimmer. Es ist klein, mit weißen Möbeln im nordischen Stil eingerichtet und muckelig warm. »Puh, die Sonne heizt den winzigen Raum ganz schön auf. Wenn hier nachher noch die Standesbeamtin, der Leuchtturmführer, das Brautpaar, die Eltern und Trauzeugen drin sind, kommen die bestimmt ganz schön ins Schwitzen.« Ich drehe mich zu Finn um. »Was hältst du davon, wenn wir vor dem Aufstieg der Hochzeitsgesellschaft eine Erfrischung reichen? Wir dürfen zwar vor dem Leuchtturm nichts aufbauen, aber Sinje, du und ich könnten doch jeweils ein Tablett mit deinen alkoholfreien Cocktails bestücken und den Gästen anbieten.«

Mein ganz persönlicher Leuchtturmguide, der bereits die nächsten Stufen hinaufgestiegen ist, lockt mich mit einem Fingerzeig zu sich. Als ich einen Tritt unter ihm zum Stehen komme, schiebt er meine Haare hinter mein Ohr und flüstert: »Wie ich sehe, muss ich mir noch etwas anderes einfallen lassen, um deinen Kopf für ein paar Minuten von der Arbeit abzulenken.« Er macht eine kurze Pause. »Augen zu.«

In der Hoffnung auf einen prickelnden Kuss wie im Weinberg schließe ich meine Lider. Sofort nehme ich Finns Geruch intensiver wahr. Dieser unverkennbare Duft nach der frischen Meeresbrandung. Ich kann spüren, wie er zwei Stufen herunterkommt und sich hinter mir platziert. Doch kein Kuss?

»Die Augen schön geschlossen halten«, sagte er. Dann legt er sanft seine Hände an meine Hüften und dirigiert mich die Treppe hoch, bis wir die nächste Ebene des Leuchtturms erreichen. Mit einem leisen Quietschen wird eine Tür geöffnet und sofort sind wir von Wind umgeben.

»Noch drei Schritte vorwärts.« Wieder spricht Finn nahe an meinem Ohr.

Vorsichtig setze ich einen Fuß vor den anderen. Die Tür fällt hörbar hinter uns ins Schloss. Finns Hände umfassen meine und legen sie auf einem metallenen Geländer ab.

»Augen auf«, wispert er.

Das Erste, was mir auffällt, ist der Blick bis zum Horizont. Unter uns liegen die Häuser und der Hafen von Hörnum, der Sandstrand, an dem ich Sinje bei den von uns aufgebauten Tischen erkennen kann, und eine Dünenlandschaft, die aber nicht ganz so weitläufig ist wie in List.

Laut rufe ich Sinjes Namen und winke. Leider sieht sie nicht zu uns nach oben. Ich beuge meinen Oberkörper ein wenig über das Geländer und breite meine Arme aus. »Wahnsinn, dieser Ausblick.« Finn, der immer noch hinter mir steht, lässt langsam seine Finger an meinen Seiten hochgleiten. Er streicht meine ausgestreckten Arme entlang, über meinen Handrücken und verschränkt sie schließlich mit meinen. Ein Spielfilmmoment. »Wirklich traumhaft.« Meine Stimme ist nur ein Flüstern, das vom Wind fortgerissen wird.

Ich lehne mich an den Mann, der nun seine Arme um meine Taille schlingt, und lasse den Blick schweifen.

»Ralf«, sagt Finn plötzlich.

»Wer ist Ralf?«

»Direkt vor dir.« Finn zeigt auf die beiden Inseln in Sichtweite. »Rechts Amrum, links Föhr.«

»Ralf.« Ich kichere. »Eine Eselsbrücke. Sehr clever.«

»So gern ich hier noch stundenlang mit dir stehen würde …« Finn küsst die Stelle am Übergang von meinem Nacken zu meiner Schulter. Ganz automatisch drücke ich mich enger an ihn. »Die Arbeit winkt.«

Verwundert über seinen Ausdruck sehe ich mich um – und muss lachen. Unten am Strand hat Sinje uns entdeckt und fuchtelt wild mit den Armen. Mit großen Gebärden zeigt sie immer wieder auf eine imaginäre Armbanduhr.

»Es wird Zeit«, bestätige ich. »Lassen wir Sinje nicht länger alleine schuften.«

Leuchtturmführer und Standesbeamtin teilen uns leider mit, dass wir mit den Erfrischungen für die Gäste nicht vor dem Leuchtturm warten dürfen. Aber der Guide schlägt vor, die Gäste zusammen mit ihm am Parkplatz zu empfangen, dort die Cocktails anzubieten und dann gemeinsam mit der Hochzeitsgesellschaft zum Turm hochzulaufen. Dort würden wir dann die Gläser einsammeln, bevor er die Führung ins Trauzimmer übernimmt.

Wenig später stehen Sinje, Finn und ich mit unseren Tabletts auf dem sandigen Platz unterhalb des Leuchtturms bereit. Ein quäkendes Hupen ertönt, kurz darauf biegt ein Oldtimerbus um die Ecke. Die Braut entdeckt uns als Erste und steht sogar von ihrem Platz auf, um uns zuzuwinken.

Sobald sich die etwas altersschwache Tür sehr langsam geöffnet hat, ist sie die Erste, die aus dem Bus hüpft. Es ist ihr deutlich anzusehen, dass sie uns gerne umarmen würde, aber die Tabletts in unseren Händen verhindern das. »Was macht ihr denn hier?« Lena vibriert förmlich vor Freude und wirft uns Kusshände zu. »Ich dachte, wir bekommen erst nach der Trauung etwas Leckeres.« Sofort greift sie sich ein Glas. »Danke für die schöne Überraschung!«

»Herzlichen Dank auch von mir!«, ergänzt ihr Bald-Ehemann, der zu uns gestoßen ist. Er nimmt sich ebenfalls ein Glas und legt seinen freien Arm um seine Braut. Die wirkt in ihrem Kleid im Vintage-Stil, das wunderbar zu ihrer zierlichen Statur passt, und mit einem filigranen Blumenkranz in den blonden Haaren wie eine Elfe. Unter dem Saum blitzt etwas hervor und als Lena ein paar Schritte auf ein Paar zugeht, kann ich erkennen, dass es sich dabei um goldene Sneaker handelt.

»Hey«, höre ich die Stimme der Braut, die sich mit dem Paar im Schlepptau wieder zu uns umgedreht hat. »Diesen Blick kenne ich von meiner Mutter.« Mit Zeige- und Mittelfinger ihrer rechten Hand zielt sie auf meine Augen, dann auf ihre Schuhe. »Selbst mir ist bewusst, dass das stiltechnisch nicht die optimalen Schuhe zu dem Kleid sind, aber ihr glaubt doch nicht, dass ich 128 Stufen in Stilettos erklimme. Außerdem findet unser Empfang am Strand statt. Auch dort schlägt der Turnschuh die High Heels um Längen.«

Zerknirscht sehe ich sie an. »Tut mir leid. Da hat deine Mutter wohl in den letzten Tagen auf mich abgefärbt.« O Gott. Habe ich das etwa laut gesagt? Bei diesem Auftrag bin ich tatsächlich die Unprofessionalität in Person. Schnell schieße ich hinterher: »Ich meine, ich wollte gar nicht komisch schauen. Deine Schuhe sind auf jeden Fall eine sehr lässige Ergänzung zum Brautkleid.« Ich verhaspele mich mehrfach, so schnell sprudeln die Worte aus meinem Mund.

Lena lacht ausgelassen und deutet auf das Paar, das sich zu unserer kleinen Gruppe gesellt hat. »Das sind Louisa, meine beste Freundin, und irgend so ein Typ, den sie auf der Fahrt hierher an einer Raststätte aufgerissen hat.«

»David«, sagt der Kerl von der Raststätte und lacht ebenfalls los.

Louisa und David. Dreimal schaue ich zwischen den beiden hin und her, dann fällt der Groschen. »Ah, die Wirtschaftsdetektive.«

»Oho, wir sind wohl schon eine Legende auf der Insel«, freut sich David.

»So weit würde ich nicht gehen«, sagt Finn, der bis eben Lenas Eltern und die Familie ihres Bruders mit Getränken bedient hat. Die Männer schlagen sich freundschaftlich auf den Rücken.

»Finn kennt ihr ja, und das ist Charlie, Winzerin und Sommelière extraordinaire«, stellt uns Lena einander vor.

»Ex-Winzerin«, korrigiere ich und schüttle zuerst Louisas, dann Davids Hand.

»Von dir ist dieser phänomenale Blanc de Noirs Spätburgunder, oder?«, fragt mich David.

»Stimmt. Und vielen Dank für das Kompliment. Lena und Nico haben in den letzten beiden Jahren als unbezahlte Werbebotschafter für das Weingut meiner Familie offensichtlich phänomenale Arbeit geleistet.«

»Du sagtest Ex-Winzerin. Bist du aus dem Familienbetrieb ausgestiegen?« Lenas Freundin Louisa, die aussieht, als könnte sie ihre Schwester sein, schaut mich interessiert an.

»Ich hatte nur durch einen Unfall meines Vaters die Zügel in der Hand. Mein Bruder hat inzwischen übernommen. Und ich darf mich wieder auf das konzentrieren, was mir am meisten Spaß macht: die Weinberatung.«

»Das klingt spannend …«

Was auch immer Louisa sagen wollte, wird von einem lauten »Helena!« unterbrochen. Die unverkennbare Stimme der Brautmutter des Grauens lässt alle Anwesenden kurz zusammenzucken. Auch der Leuchtturmführer schaut ganz verschreckt. Dabei sieht er aus wie ein alter Seebär, den so schnell nichts aus der Ruhe bringen kann. Aber Lenas Mutter hat da ein ganz besonderes Talent.

Wir alle drehen uns in ihre Richtung und ich muss schmunzeln, als ich sehe, dass sie die gleiche Geste macht wie Sinje vorhin am Strand.

»Es ist so weit.« Mit einem großen Strahlen wendet sich Louisa an ihre beste Freundin. Die Aufregung steht ihr ins Gesicht geschrieben. »Wer hätte gedacht, dass du vor mir heiratest. Oder vielmehr, dass du überhaupt heiratest. Nachdem du jahrelang behauptet hast, Männer seien nur als Nachtisch zu genießen. Und sieh an, jetzt hast du so ein schmackhaftes Hauptgericht gefunden.«

»Entschuldige mal«, kommt es von Nico. »Von wegen Hauptgericht. Ich bin mindestens ein Sieben-Gänge-Menü.«

»Dann komm, Sieben-Gänge-Mann.« Lena schnappt sich die Hand ihres Ehepartners in spe. »Lassen wir die Standesbeamtin nicht warten. Ich will schließlich heute noch mein Dessert!«

Die kleine Hochzeitsgesellschaft verschwindet nach und nach auf dem schmalen Pfad zum Leuchtturm.

Sinje, Finn und ich bleiben lachend mit den Familien von Lenas Bruder und Nicos Schwester zurück. In das winzige Trauzimmer des Leuchtturms dürfen aus statischen Gründen nur wenige Personen, sodass neben den Trauzeugen nur die Eltern von Braut und Bräutigam gemeinsam mit dem Brautpaar die Stufen erklimmen.

Was auch immer sich an romantischen Szenen im Trauzimmer des Leuchtturms abgespielt hat, muss sehr emotional gewesen sein. Selbst als die Gäste bei uns am Strand eintreffen, sind noch einige Taschentücher im Einsatz. Sogar die Brautmutter des Grauens tupft sich einige Tränchen aus dem Augenwinkel.

Kaum sind diese fortgewischt, erhalte ich eine Anweisung von ihr: »Frau Krämer, bitte öffnen Sie jetzt den Champagner für uns.«

Mit dem Säbel und der Champagnerflasche, aus der dem frisch vermählten Paar eingeschenkt werden soll, trete ich vor die Gruppe.

Während Sinje der Hochzeitsgesellschaft Sylter Tapas anbietet, geht Finn hinter mir vorbei, um weitere Champagnerkelche aus Flaschen zu befüllen, die nicht von mir sabriert werden. »Mit dem Säbel siehst du aus wie eine Kriegerkönigin«, raunt er mir zu.

Ich hoffe, die Gäste bemerken nicht, dass ich zwei tiefe Atemzüge nehme, bevor ich den Säbel probehalber am Flaschenhals entlangführe. Alle Augen sind auf mich gerichtet. Die große Champagnerflasche liegt schwer auf meinem Unterarm. Ich schließe meine Finger fester um den Körper der Flasche.

Der Hochzeitsfotograf nimmt seine Kamera vors Gesicht. Showtime.

Nur für einige Millisekunden flackert mein Blick zu Finn. Ein großer Fehler. Mit einem verwegenen Ausdruck im Gesicht zwinkert er mir zu. Lautlos formen seine Lippen ein Wort: sexy.

Dadurch abgelenkt, drehe ich unbewusst meinen Oberkörper samt Flasche in meinen Händen leicht in seine Richtung. In dem Moment, in dem ich den Kopf der Flasche abschlage, schießt dieser direkt auf Finn zu. Der rettet sich mit einem Satz zur Seite.

Die Anwesenden scheinen das für eine witzige Inszenierung zu halten, denn alle – einschließlich der Brautmutter – applaudieren uns.

Finn tritt neben mich und deutet eine Verbeugung an.

»Falls das gerade ein Versuch war, mich loszuwerden, dann war er nicht sehr subtil«, raunt er mir zu.

»Offenbar bringst du die Abgründe in mir zum Vorschein.«

***

Im Garten des Hauses von Lenas Onkel Henry ist ein großer ovaler Pavillon aufgebaut. Ein echter Blickfang aus naturbelassenen und weiß gestrichenen Weidenruten. Dort werden die Gäste im Anschluss an die Zeremonie speisen. Als wir nach dem Empfang am Leuchtturm in Kampen ankommen, hat Sinjes Team dort schon alles vorbereitet.

Ein letztes Mal spreche ich mit Sinje den Ablauf durch, dann gehe ich hinüber in den Nachbargarten, um bei der freien Trauung Mäuschen zu spielen.

Zwischen alten Bäumen und von duftenden Heckenrosen umgeben, sind einige Reihen weißer Stühle aufgestellt, die bereits von den geladenen Gästen besetzt sind. Davor, direkt unter einem alten Baum, steht eine ebenfalls weiße Bank, auf der die Brautleute Platz genommen haben. Sie ist mit hellblauen Blumen geschmückt. In die Zweige darüber sind weiße und hellblaue Bänder geknüpft, was den Eindruck eines luftigen Baldachins vermittelt.

Lenas Onkel Henry ist die perfekte Besetzung als Trauredner. Mit Anekdoten aus dem jeweiligen Leben von Lena und Nico vor ihrem Kennenlernen sorgt er für einige Lacher. Romantisch wird es, als er – sichtlich gerührt – davon erzählt, wie Nico es geschafft hat, die beziehungsfeindlich eingestellte Scheidungsanwältin Lena von der Ehe zu überzeugen.

Unwillkürlich sehe ich mich nach Finn um und als sich unsere Blicke treffen, ist es, als ob eine magnetische Anziehung zwischen uns bestünde. Ohne mich aus den Augen zu lassen, kommt Finn langsam zu mir herübergeschlendert. Wir stehen hinter den Gästen in einer Ecke des Gartens. Eingehüllt vom Duft der Wildrosenbüsche und elektrisiert von der Magie der Trauzeremonie.

»Kannst du dich an unser erstes Date erinnern?«, flüstert er dicht an meinem Ohr. Seine Lippen berühren ganz leicht meine Haut und mein Herz legt einige Taktschläge zu. Vor meinem geistigen Auge tauchen Bilder von uns beiden auf Martinique in der Karibik auf.

»Und weißt du noch, was ich damals zu dir gesagt habe?« Ich schnappe nach Luft, als mir einfällt, worauf er anspielt. Das kann er nicht ernst meinen. Erneut startet ein kleiner Film in meinem Kopf. Finn wollte damals unbedingt zu einer ganz bestimmten Bucht fahren, die ringsum von einigen Klippen umgeben war. Von oben hatten wir eine geniale Aussicht über das Meer und den menschenleeren Strand. Ein Steg ragte weit ins Wasser hinein.

Stundenlang genossen wir den pudrig weichen Sand unter Palmen. Alberten im Wasser herum, knutschten wie die Teenager. Bis …, ja, bis Finn unbedingt von einer der Klippen springen wollte. Er hatte das zuvor schon einmal mit Kollegen gemacht, als sie auf der gleichen Route unterwegs waren. Nur dass er sich im Felsen vertat. Es war nicht der, von dem sie vorher schon gesprungen waren.

Auf dem Weg nach unten machte er Faxen für die Kamera. Ich hatte ihm versprochen, seinen Sprung zu filmen. Er tauchte in das türkisblaue Wasser – und kam nicht mehr hoch. Gefühlt minutenlang. Dann, endlich, durchbrach sein schmerzverzerrtes Gesicht die Wasseroberfläche. Ich ließ das Handy fallen und rannte zum Wasser, verzweifelt darum bemüht, mir einige Rettungstechniken aus meinem Training als Jugendliche bei der DLRG ins Gedächtnis zu rufen. Sobald mir das Wasser bis zu den Oberschenkeln reichte, stürzte ich mich in die Wellen und begann, in Finns Richtung zu kraulen. »Mein Bein«, rief er mehrfach, als ich ihn erreicht hatte. Ich umklammerte ihn von hinten und zog ihn zum Strand. Sobald wir aus dem Wasser waren, wurde das Ausmaß seiner Verletzung sichtbar. Sein linkes Bein hatte etliche Schnittwunden. Er musste beim Eintritt ins Wasser an einem scharfkantigen Felsen entlanggeschrammt sein.

Heute kann ich mir nicht erklären, wie ich das damals alles geschafft habe, aber ich bugsierte Finn irgendwie zu unserem gemieteten Jeep, googelte das nächstgelegene Krankenhaus und fuhr ihn dort hin. Wie auf Autopilot regelte ich alles bezüglich Auslandskrankenversicherung und Rechnungen und schaffte es irgendwie, uns pünktlich vor dem Ablegen zurück aufs Schiff zu bringen. Die Worte, auf die Finn jetzt anspielt, sagte er zu mir, als er aus dem Behandlungszimmer des Schiffsarztes kam. Ich saß im Wartebereich und stand auf, als er durch die Tür kam. Er legte seinen Arm um meine Schultern, um sich abzustützen, wie ich dachte. Stattdessen zog er mich näher an sich und flüsterte etwas in mein Ohr.

»Du standest total neben dir wegen der ganzen Schmerzmittel.« Ungläubig starre ich ihn an.

»Was habe ich damals zu dir gesagt, Charlie?«

Ich schüttle den Kopf.

»Sag es, Charlie.«

»Ich bin mir ziemlich sicher, dass du die Frau bist, die ich heiraten werde«, flüstere ich kaum hörbar.

Er sieht mir fest in die Augen.

Vorn unter dem alten Baum räuspert sich Lenas Onkel auffallend laut. Finn blinzelt und lässt seine Hand an meinem Arm entlang bis zu meinen Fingern gleiten, die er kurz drückt. »Das war mein Zeichen. Entschuldige, ich muss mich schnell um etwas kümmern.« Im Laufen dreht er sich kurz um und zeigt auf mich. »Nicht weggehen.«

Einen Moment später erklingt ein begeistertes Raunen in den Reihen der Gäste. »Wie süß!«, sind einige weibliche Stimmen zu vernehmen. Erst jetzt bemerke ich, dass sich etliche der Anwesenden umgedreht haben und in meine Richtung sehen. Ich wende meinen Blick nach links. Dort steht Finn und hält einen riesigen Hund am Halsband, der vor freudiger Aufregung zu vibrieren scheint. Seine Rute wedelt in einer schnellen Taktung. Als er das Brautpaar erblickt, stößt er ein kurzes Jaulen aus, das unverkennbar eine Art ›Juhu, da sind sie!‹ ausdrückt. Ein Lachen geht durch die Gästeschar. Über seinem hellbraunen Lederhalsband trägt das große Tier eine Fliege in Hellblau, welche die große Schwester des Modells sein könnte, das Finn trägt. Mein Lächeln wird sekündlich breiter bei dieser Szene. Am Halsschmuck der Dogge ist ein kleines Schmuckkästchen befestigt. Das tierische Familienmitglied der von Hagens soll wohl als Ringträger fungieren.

Der Bräutigam beugt sich etwas hinunter und flüstert ein Kommando.

Dann geht alles ganz schnell. Die Dogge stürmt auf Nico zu, springt an ihm hoch und schafft es, den 1,90 m großen Mann auf seinen Allerwertesten zu befördern. Mit einem freudigen Hecheln bedenkt er den Ehemann in spe mit sehr vielen sehr feuchten Hundeküssen.

»Zeus! Aus!« Die Braut versucht, die Dogge am Halsband von ihrem Bräutigam zu ziehen, und kriegt sich dabei vor Lachen kaum noch ein. Mit einem Kopfschütteln wendet sie sich an die Gäste. »Hiermit ernenne ich die beiden zu Mann und Hund.« Sie beugt sich ein wenig zu dem riesenhaften Tier hinunter, das immer noch auf Nico sitzt. »Sie dürfen Ihren Mann nun küssen«, sagt sie zu Zeus.

Als ob der genau verstanden hätte, was Lena meinte, leckt er Nico quer über das Gesicht. Die Hochzeitsgesellschaft johlt und applaudiert, während der Bräutigam verzweifelt versucht, sich vor weiteren Liebesbekundungen des Hundes in Sicherheit zu bringen.

Ausgerechnet in diesem zauberhaften Augenblick kündigt der Vibrationsalarm meines Handys einen Anruf an. Ich gehe ein paar Schritte in Richtung des Nachbargartens und nehme den Anruf meines Bruders an.

»Hey, Flori. Ich bin gerade auf der unterhaltsamsten Hochzeit, die du dir vorstellen ka–«

»Papa ist im Krankenhaus«, fällt er mir ins Wort.

# Kapitel 16

W… Was? Wie?«

Mein Bruder stößt einen tiefen Seufzer aus. »Er konnte es einfach nicht lassen. Ich hab ihm heute früh bestimmt zehnmal gesagt, dass er sich mit dem Umsetzen der Fässer im Verkostungsraum übernimmt und er warten soll, bis ich am Abend Zeit dafür habe. Aber nein, er musste sich unbedingt allein ans Werk machen. Bei einem der oberen Fässer hat sich die Halterung gelöst – Materialermüdung, nehme ich an – und ist ihm auf die Schulter gekracht. Beim Röntgen in der Klinik wurde dann festgestellt, dass der Knochen angebrochen ist.«

In meinem Magen rumort es und mir wird übel. Mein Vater ist wieder im Krankenhaus. Mehrere Gefühle stürmen zeitgleich auf mich ein. Angst und Unsicherheit überwiegen. Aber da ist auch eine Prise Wut. Wieso kann mein Vater einfach nicht die Füße stillhalten? Warum zum Teufel muss er mit aller Gewalt seinen Kopf durchsetzen?

»Wie geht es ihm? Was haben die Ärzte gesagt?« Ich mache mich auf das Schlimmste gefasst.

»Den Umständen entsprechend gut, haben sie es genannt. Da die Ärzte ihm nicht abnehmen, dass er sich zuhause schont, muss er für die nächsten Tage im Krankenhaus bleiben.« Mein Bruder holt geräuschvoll Luft. »Danach dauert es mindestens zwei Monate, bis er seine Schulter wieder mit geringem Gewicht belasten darf.«

Krachend löst sich der Felsbrocken, der eben noch an meinem Herzen hing. »Das klingt besser, als ich erwartet habe.«

Am anderen Ende der Leitung herrscht Stille. Ich werfe einen Blick aufs Display, um zu sehen, ob die Verbindung unterbrochen wurde. Es sieht alles normal aus.

»Florian?«, frage ich in den Lautsprecher.

»Ich würde dich niemals um Hilfe bitten, wenn es nicht noch ein weiteres Problem gäbe.« Das Zögern meines Bruders ist deutlich zu vernehmen.

»Jetzt sag schon, was los ist, Flori.«

»Für Mittwochnachmittag ist ein Gewitter mit Hagel vorhergesagt«, sagt er mit gepresster Stimme.

»Verdammt!« Um die Wein- und Sektqualität zu produzieren, für die unser Weingut geschätzt wird, müssen sämtliche Trauben mit der Hand gelesen werden. Wir haben also keine Möglichkeit, innerhalb eines Tages unsere kompletten Lagen mit einem Ernteroboter zu herbsten. Wenn Flori und das Team es bis zum Beginn des Gewitters nicht schaffen, alle Trauben zu lesen, dann verlieren wir einen Teil der Ernte – und somit einen Teil unseres potenziellen Gewinns.

»Papa ist leider nicht der Einzige, der ausfällt. Eine Erntehelferin liegt mit Magen-Darm flach und einer der eingeplanten Helfer ist gar nicht erst aufgetaucht.« Aus Florians Stimme ist der Ernst der Lage deutlich herauszuhören.

»So ein Mist.«

»Charlie, ich brauche dich hier. Bitte.«

Er hätte es nicht aussprechen müssen. Als er das Gewitter erwähnte, war sofort klar, dass er alle Unterstützung braucht, die er kriegen kann. Wir sind nicht der einzige Weinanbaubetrieb, der zu diesem Zeitpunkt ein Wetterproblem hat. Zusätzliche Erntehelfer sind schlichtweg nicht zu bekommen. Schon gar nicht so kurzfristig. Und wenn ein Hagelsturm den Ertrag bedroht, zählt wirklich jede einzelne Hand.

Resigniert schließe ich meine Augen. »Ich fahre gleich los.«

Nachdem ich mich von Florian verabschiedet habe, öffne ich den Browser meines Handys und suche hektisch nach den Abfahrtszeiten des Autozuges. Wenn ich mich mit einer deutlichen Geschwindigkeitsüberschreitung nach List aufmache, dort in Windeseile meine Sachen zusammenpacke, auschecke und mir auf der Fahrt nach Westerland nichts in die Quere kommt, könnte es gerade so klappen.

*Falls ich gut durchkomme, bin ich so gegen vier Uhr heute Nacht bei euch*, schreibe ich an meinen Bruder.

Als ich mich wieder den Gästen zuwende, die sich nach der Trauung im Garten verteilt haben, ist Finn nirgends zu entdecken.

Mein Herz rast. Mir ist ein wenig schwindelig und meine Brust fühlt sich eng an. Wieder muss ich überstürzt weg. Es kommt mir vor wie ein Déjà-vu: Gerade noch erlebe ich schöne Momente gemeinsam mit Finn, dann hat mein Vater einen Unfall. Ich reise zurück in den Rheingau und sehe Finn für viele Jahre nicht wieder.

Ich muss ihn unbedingt finden. Jetzt.

Auf meiner Suche stolpere ich an Grüppchen von Hochzeitsgästen vorbei, die sich gut gelaunt unterhalten. Das Brautpaar ist umringt von Freunden. Mich unauffällig bei den beiden zu entschuldigen wird nicht möglich sein.

Um mich herum wird gelacht und sich zugeprostet. Häppchen verschwinden in Mündern. Champagner wird nachgeschenkt. Das Fest geht ganz normal weiter. Die Welt der Feiernden hat sich nicht zum zweiten Mal um 180 Grad gedreht.

Diesmal ist es nicht die Sorge um das Leben meines Vaters, die mich so unruhig macht. Florian würde mich nie über seinen Gesundheitszustand anlügen. Wenn er sagt, es geht ihm einigermaßen gut, dann kann ich dem Glauben schenken. Es ist vielmehr die Ungewissheit, was aus Finn und mir wird. Ich habe keine Ahnung, was mich auf dem Weingut erwartet. Braucht mein Bruder wirklich nur kurzfristig Unterstützung? Oder gibt es noch weitere Baustellen? Kommen die beiden Männer mit ihren gegensätzlichen Persönlichkeiten auf dem Hof klar? Wird sich mein Vater wieder weigern, seine Reha ordentlich zu absolvieren? Wie die Sprechblasen in einem Comic poppen Fragen über Fragen in meinem Kopf auf.

Mit einem Blick auf die Uhrzeit stoße ich einen Fluch aus. Ich habe keine Zeit, in einem Garten herumzustehen und mir Fragen zu stellen. Wenn ich nicht sofort zu Potte komme, verlässt der nächste Autozug die Insel ohne mich.

Für eine Frage jedoch muss Zeit sein: Wo zum Teufel steckt Finn?

Bei den Tischen mit der von ihm kreierten Sommerbowle, an der sich die Gäste selbst bedienen können, entdecke ich Sinje, die sich angeregt mit einem dunkelhaarigen Mann in einem modisch geschnittenen grauen Anzug unterhält.

Mit einem brüsken »Entschuldigung« unterbreche ich ihr Gespräch und ziehe Sinje einige Meter von dem Herrn weg.

»Charlie!« Irritiert schüttelt sie meine Hand ab, die ihren Arm umklammert hielt. »Das war seit zwei Jahren der erste Mann, bei dem ich nicht gleich Reißaus nehmen wollte, als er mich angesprochen hat.« Sie bekommt einen verträumten Ausdruck um die Augen und sieht sich nach dem gut aussehenden Typen um, den wir haben stehen lassen. »Ganz im Gegenteil. Ich hoffe also wirklich, das hier ist wichtig.« Ihr Blick landet wieder auf mir. »Charlie?« Zwischen Sinjes Augenbrauen bildet sich augenblicklich eine Sorgenfalte. »Ist alles okay mit dir? Du siehst blass aus.«

»Hast du Finn gesehen?«

Sinje überlegt einen Moment. »Zuletzt bin ich ihm in der Küche von Lenas Onkel über den Weg gelaufen. Dort hat er einige der Saftreserven für die Cocktails kalt gestellt.«

Dort werde ich gleich als Nächstes nachsehen.

»Danke, Sinje. Ich … Es ist was passiert. Ich muss dringend weg. Mit dem Wein zu den einzelnen Gängen ist alles klar, oder?« Meine Worte klingen abgehackt.

»Ja, natürlich. Aber was ist denn los, Charlie?«

»Ich muss dringend weg«, wiederhole ich und presse mich an ihr vorbei. Mit eiligen Schritten umrunde ich ein letztes Mal die Terrasse und lasse meinen Blick über die Gäste schweifen – immer noch auf der Suche nach Finn. Bei jedem blonden Haarschopf, den ich entdecke, verweile ich, um sicherzustellen, dass ich ihn nicht übersehe. Aber er ist nirgends zu entdecken.

So schnell es mir auf meinen Absätzen möglich ist, renne ich zu Henrys Haus hinüber. Ich durchsuche das komplette Erdgeschoss. Kein Finn.

Die Zeit läuft mir davon.

Ohne mich vom Brautpaar zu verabschieden – oder vielmehr, ohne ihnen eine Erklärung für mein Verschwinden zu liefern –, verlasse ich die Party.

Fast fünf Minuten dauert es, meinen zugeparkten Kombi aus der Parklücke zu manövrieren, dann bin ich endlich auf dem Weg nach List. Dort werfe ich in meinem Hotelzimmer alle meine Sachen in den Koffer und rase zur Rezeption, wo ich meine verfrühte Abreise bekannt gebe. Ich kratze all meinen Charme zusammen und schaffe es, den Mitarbeiter hinter dem Empfangstresen davon zu überzeugen, zumindest meine eigene Reservierung der ersten drei Nächte sowie die konsumierten Speisen und Getränke selbst bezahlen zu dürfen. Nervös gehe ich einige Schritte auf und ab, während ich auf den

Rechnungsausdruck warte. In Gedanken bin ich dabei, den Drucker zu beschwören, mein Dokument schneller auszuspucken, als Christian aus der versteckten Tür kommt, die zu seinem Büro führt.

»Charlotte? Solltest du nicht auf der Hochzeit sein, für die ich viel zu spät dran bin?« In Christians Miene spiegelt sich Verwirrung. »Meine Ausrede ist ein Stromausfall in der Küche. Was ist deine?«

»Ich war schon auf der Hochzeit. Läuft alles so weit.« Beim Reden bemerke ich, dass ich kurz davor bin, zu hyperventilieren. Ich lege eine Hand auf meine Brust und versuche, langsamer zu sprechen. »Kannst du Finn ausrichten, dass ich wegen eines Notfalls in der Familie in den Rheingau muss? Ich … ich werde ihm eine Nachricht schreiben, sobald ich auf dem Autozug bin. Es tut mir sehr leid, dass ich so überstürzt abreisen muss. Ich kann dir und dem gesamten Team gar nicht genug danken für eure Gastfreundschaft in den letzten Tagen. Und natürlich für deinen Auftrag!«

Christian ist sichtlich überrumpelt, als ich ihm um den Hals falle.

Aus dem Augenwinkel sehe ich, wie der Rezeptionsmitarbeiter meine Rechnung in einen Umschlag packt und auf den Tresen legt. Als hätte mir jemand einen Stromstoß verpasst, lasse ich Christian los, greife zeitgleich mit der einen Hand nach dem Umschlag, mit der anderen nach meinem Koffer und sprinte aus dem Hotel.

Ich wage es nicht, mich noch einmal umzusehen, aber es würde mich nicht wundern, wenn sich hinter mir eine kleine Staubwolke gebildet hätte.

Nach meinem interessanten Einstand im Hotel lege ich zumindest auch einen denkwürdigen Abgang hin.

An diesem wunderschönen Septembersamstag sind viele Gäste am Strand und die Straßen nach Westerland sind recht leer. Zwischen den Ortschaften ignoriere ich die Geschwindigkeitsbegrenzung erneut, ohne dass mich Annikas Kollegen anhalten, und schaffe es in Rekordzeit zur Verladestation am Westerländer Bahnhof.

Der Autozug steht schon bereit. Dank meines Onlinetickets passiere ich blitzschnell die Kontrolle und werde auf meinem Stellplatz eingewiesen. Keine Sekunde, nachdem ich den Motor abgestellt habe, lasse ich meinen Kopf erschöpft auf meine Hände sinken, die das Lenkrad umklammert halten.

Was, wenn das nicht zum letzten Mal passiert? Wenn Florian und mein Vater immer wieder spontan Unterstützung brauchen?

Von meinem neuen Wohnort an der Mosel kann ich schnell bei ihnen sein. Aber mein Geschäft führt mich zu Aufträgen in ganz Deutschland. Vielleicht sogar darüber hinaus. Und die Orte, an denen ich arbeite, werden – so wie jetzt – auch manchmal sehr weit vom Rheingau entfernt sein.

Was mache ich bei einem ähnlichen Notfall in der Zukunft? Meine Familie im Stich lassen? Ausgeschlossen!

Aber was bedeutet das für meine Karriere? Bei Lena und Nico kann ich für mein heutiges Verschwinden auf Verständnis hoffen. Bei anderen Auftraggebern wird dies nicht unbedingt der Fall sein.

War es vielleicht einfach noch nicht der richtige Zeitpunkt, aus dem Weingut auszusteigen? Fühlt sich mein Bruder von mir alleingelassen? Ich weiß, dass er meinen eigenen Plänen und Träumen nicht im Weg stehen will. Deshalb fällt es mir schwer zu sagen, ob es der Wahrheit entspricht, wenn er mir sagt, er käme schon klar.

Mein Handy meldet mit einem Piepen den Eingang einer Nachricht. Finns Name erscheint auf dem Display. Ich tippe mit dem Finger darauf, um die Nachricht anzuzeigen.

*Was ist passiert? Bist du okay?*

*Es tut mir so, so leid*, antworte ich. *Meine Familie braucht mich. Papa hatte erneut einen Unfall.*

Mit zittrigen Fingern tippe ich eine zweite Nachricht. *Und du brauchst niemanden, der dein Leben unnötig kompliziert macht.*

Als ich drei Stunden später an einem Rastplatz anhalte, um die Toilette zu benutzen, sehe ich, dass Finn mir geantwortet hat: *Wieso lässt du nicht mich entscheiden, was oder vielmehr wen ich brauche und was ich gewillt bin, für diese Person zu tun?*

Ein nagender Gedanke hat sich in meinem Kopf eingenistet: Man sieht sich immer zweimal im Leben, heißt es. Was ist, wenn das stimmt? Wenn man sich tatsächlich *nur* zweimal sieht – und dies meine letzte Chance auf eine Beziehung mit Finn war?

# Kapitel 17

♡

Dieser verdammte Sturkopf!«

Ein Pfleger, der gerade aus dem gegenüberliegenden Krankenzimmer auf den Flur tritt, wirft mir ein mitfühlendes Lächeln zu. Bestimmt hat er schon Bekanntschaft mit dem eigensinnigen Gemüt meines Vaters gemacht.

Mein Bruder, der neben mir den Krankenhausflur entlanggeht, lacht leise.

Ohne stehen zu bleiben, boxe ich ihn gegen den Oberarm. »Findest du die Situation etwa witzig?«

Er reibt sich die Stelle, die ich mit meiner Faust berührt habe. »Witzig? Nein. Aber was hast du denn erwartet, wie er sich verhält? Dass er brav alles macht, was die Ärzte ihm empfehlen? Das war die letzten Jahre nicht so, also habe ich nicht darauf gewettet, dass er jetzt damit anfängt.«

»Sein Wunsch, unbedingt entlassen zu werden, macht dich nicht nervös?« Ich gebe ein Knurren von mir. »Wieso kann er damit nicht warten, bis wir mit dem Herbsten durch sind? Es hat doch keiner von uns Zeit, sich um ihn zu kümmern.«

Mein Bruder zuckt mit den Schultern. »Er bildet sich vermutlich ein, dass er irgendwie mithelfen kann.«

Ich vergrabe mein Gesicht in den Händen und stoße einen unterdrückten Schrei aus. »Wieso bin ich zurückgekommen, Flori, wieso?«

»Weil ich dich darum gebeten habe?« Er sieht zerknirscht aus.

Zeit, meine Große-Schwester-Maske aufzusetzen und in meine bekannte Rolle zu schlüpfen. Mit einem Seufzen hake ich mich bei Florian unter. »Wir schaffen das schon irgendwie«, sage ich wenig überzeugend. Dann versuche ich es nochmals mit mehr Energie. »Wir schaffen das!« Klingt schon besser. Wir schaffen das. Wir müssen das schaffen.

Der wummernde Beat auf meinen Ohren lenkt mich zumindest ein bisschen von den Schmerzen in meinen Armen, Händen und in meinem Rücken ab. Trotz eines Bandanas, das ich um meinen Haaransatz geschlungen habe, läuft mir Schweiß über das Gesicht. Mit meinem Unterarm versuche ich, ihn wegzuwischen. Eine Geste, die ich an diesem Vormittag schon unzählige Male wiederholt habe. Und am Tag davor. Und an dem davor. Es ist viel zu warm für Mitte September. Schon im Frühsommer war es zu warm. Weshalb die Trauben dieses Jahr auch früher reif sind als gewöhnlich. Aufgrund der großen Hitze in den letzten Tagen hat die Gewitterwahrscheinlichkeit stark zugenommen.

Ich schaue in den Himmel, wo sich immer mehr Wolken zu einem grauen Gebirge auftürmen.

Wenn wir die nächsten Stunden über richtig Gas geben, schaffen wir es, die letzten Trauben von den Weinstöcken zu kriegen, bevor sich am späten Nachmittag ein heftiges Sommergewitter mit Hagel über unserer Region entladen soll. Vergangene Nacht hat es schon kurz gewittert, zum Glück ohne Starkregen oder Hagelschlag.

Genau wie mein Bruder und ich stehen auch alle übrigen Erntehelfer unter Strom und geben ihr Bestes, um die Beeren aus unseren Lagen vor der Vernichtung durch vom Himmel regnende Eisklumpen zu retten.

Ich dehne kurz meinen Rücken, dann widme ich mich erneut dem Rebstock, den ich gerade bearbeite. Die körperliche Arbeit und die Tatsache, dass ich jeden Abend direkt nach dem Essen in komatösen Schlaf falle, tragen enorm dazu bei, dass Finn nicht permanent in meinen Gedanken herumspukt. Dennoch taucht er darin viel zu häufig auf. Vor Sylt waren meine Erinnerungen an unsere gemeinsame Zeit mehrere Jahre alt. Jetzt sind sie frisch und so präsent wie nie. Immer wieder ertappe ich mich dabei, wie ich abdrifte, in Gesprächen mit meinem Bruder nicht ganz bei der Sache bin. Oder mir vorstelle, wie Finn neben mir im Wingert arbeitet, seine Haare nach hinten gebunden, seine Kleidung – genau wie meine – mit Flecken überzogen, die Hände in Arbeitshandschuhe gesteckt. Mit einem Lächeln im Gesicht zwinkert er mir zu … Und reicht mir eine Flasche Wasser.

Verwirrte nehme ich meine Kopfhörer ab. Vielleicht leide ich durch die Hitze schon an Halluzinationen.

»Charlie!« Die Stimme klingt nicht nach Finn. Eher nach meinem Bruder.

Ich blinzle mehrfach, bis wirklich in meinem Gehirn angekommen ist, dass Florian neben mir steht und mir eine volle Wasserflasche hinhält. Kopfschüttelnd nehme ich die Flasche, schraube sie auf und schütte mir etwas kühles Wasser übers Gesicht, bevor ich einen nicht enden wollenden Schluck davon trinke.

Mein Bruder beobachtet mich amüsiert. »Willst du mir nicht endlich erzählen, was mit dir los ist? Du bist doch nicht nur wegen Papa so neben der Spur.«

Langsam lasse ich die Flasche sinken.

»Seit du von Sylt zurück bist, ist irgendetwas anders. Aber ich kann nicht genau sagen, was.« Florians Augen verengen sich, als er mich genauer unter die Lupe nimmt.

»Dafür haben wir jetzt keine Zeit.« Entschlossen schraube ich die Flasche zu und stelle sie in den Schatten. Mitsamt meinem Equipment, bestehend aus Wanne und Schere, dränge ich mich an meinem Bruder vorbei zum nächsten Rebstock.

Bevor ich auch nur den ersten Schnitt setzen kann, stellt er sich mir in den Weg.

»Florian.« Ich stöhne genervt auf.

»Bitte triff nicht erneut wegen mir eine Entscheidung, die du dann jahrelang bereust.«

Meine Augen schnellen zu seinem Gesicht und ich kann sehen, dass er das ernst meint. »Flori, das hatten wir doch schon. Ich habe meine Entscheidung nach Papas Unfall nicht bereut. Es war halt, wie es war. Kein Grund, daraus ein Drama zu machen. Mit den Konsequenzen habe ich mich damals arrangiert und das wird mir auch jetzt wieder gelingen.«

Florian tritt einen Schritt näher. »Also ist doch etwas nicht in Ordnung. Ich wusste es.« Er mustert mich genau. »Was erzählst du mir nicht?«

Einen Fluch ausstoßend lege ich meine Schere beiseite und ziehe meine Arbeitshandschuhe aus. Meine Hände in die Hüften gestemmt, sehe ich zu ihm auf. »Du bestehst also darauf, dass ich bei meinem kleinen Bruder Rat in Liebesdingen suche?«

»Aha! Es geht also um die Liebe.« Triumphierend wackelt er mit den Augenbrauen.

»Es geht zumindest um einen Mann.«

Als ich nicht weiterspreche, ergänzt mein Bruder: »In den du verliebt bist.«

»Ja, ich denke schon.« Sofort fängt mein Herz schneller an zu schlagen. Mit meiner Hand fächle ich mir Luft zu. Noch nie haben Florian und ich ein Gespräch über meine romantischen Gefühle geführt. Nachdem meine Mutter ausgezogen war, kam er hin und wieder mit Mädelsproblemen zu mir. Umgekehrt habe ich ihn noch nie um Hilfe gebeten. Nach wie vor bin ich mir unsicher, ob ich jetzt damit beginnen sollte.

»Aber er ist nicht in dich verliebt?«, äußert mein Bruder eine vorsichtige Vermutung.

»Doch, ich glaube schon«, antworte ich noch immer etwas verhalten.

Florian fährt sich mit einer Hand über seine schweißnasse Stirn und lässt sich dann im Schatten der Reben nieder. Ich tue es ihm gleich.

»Was ist dann das Problem?«, will er wissen, als wir im Schneidersitz Platz genommen haben.

»Hattest du schon einmal das Gefühl, den richtigen Menschen getroffen zu haben, nur zum völlig falschen Zeitpunkt?«

Anstatt mir zu antworten, fragt Florian: »Was macht den falschen Zeitpunkt aus?«

Mein Mund klappt auf, um etwas zu sagen, doch es kommen keine Worte heraus. Was macht einen falschen Zeitpunkt aus? Eine gute Frage. Ich schaue meinen Bruder von der Seite an. Wie in den letzten Tagen auch, wirbeln die Gedanken in meinem Kopf umher. Es ist eine fiese Mischung aus ›Hätte, hätte, Fahrradkette …‹ und Angst davor, dass meine Tagträume über eine Beziehung mit Finn rein gar nichts mit der Realität zu tun haben. Wie hätte es laufen können, wenn ich mich damals nicht sang- und klanglos aus dem Staub gemacht hätte? Was wäre gewesen, wenn ich mich nach dem ersten Schock über den Unfall meines Vaters gemeldet und Finn alles erklärt hätte? Habe ich die Tatsache, dass wir keine Nummern ausgetauscht hatten, als faule Ausrede missbraucht? Als Ausrede dafür, mein Leben nicht noch weiter zu verkomplizieren? Mich nicht ›aufteilen‹ zu müssen zwischen meiner Familie und Finn?

Oder wollte ich meinem Herzen den wirklichen Schmerz ersparen? Den Schmerz, der sich eingestellt hätte, wenn wir uns auf eine Fernbeziehung eingelassen hätten, nur um festzustellen, dass diese auf Dauer nicht funktioniert? War mein Abtauchen ein simpler Schutzmechanismus? Ich habe zwar häufig von unserer gemeinsamen Zeit auf dem Schiff geträumt – und immer mal wieder darüber fantasiert, wie es wäre, Finn wiederzusehen –, aber nie als Teil eines realistischen Szenarios. Es waren eher kleine Fluchten aus meinem Alltagsstress auf dem Weingut, die mit der Wahrheit unserer beider Leben wenig zu tun hatten.

Heute geht es mir erneut so. Angefixt durch die wunderschönen Momente, die wir auf Sylt hatten, fällt mir die Vorstellung schwer, Finn erneut zurückzulassen. Auf der anderen Seite weiß ich, dass Sylt nicht als Standort für mein Unternehmen taugt. Und von Finn kann und werde ich nicht verlangen, sich von seiner Heimat loszureißen – nur für die Aussicht auf eine Beziehung, deren Beständigkeit uns niemand garantieren kann.

Sanft tippt Florian mit seinem Zeigefinger gegen meine Stirn. »Ich kann hören, wie es rattert.« Er lächelt. »Willst du mir nicht sagen, was dich beschäftigt?«

Nachdenklich beobachte ich den Flug eines Schmetterlings. »Vor Jahren habe ich die Chance auf eine Beziehung mit einem besonderen Menschen verpasst.«

»Wegen Papas Unfall, stimmt's?«

Ich nicke.

»Irgendwie hab ich geahnt, dass du damals nicht nur deinen Job auf dem Schiff zurückgelassen hast.«

»Nein, da war auch ein Mann. Wir haben allerdings nie definiert, was das zwischen uns ist. Führen wir eine Beziehung oder haben wir einfach nur Spaß? Ich denke, es war zum damaligen Zeitpunkt nicht wichtig für uns. Wir waren darauf konzentriert, den Moment zu genießen.« Ich atme aus und lasse meinen Blick über die Hänge schweifen, die fast bis an den Rhein heranreichen. »Seither hänge ich gefühlsmäßig in der Schwebe.« Mit meinen Fingern schnippe ich einen kleinen Stein weg. »Jetzt, ganz plötzlich, tritt etwas ein, von dem ich vier Jahre lang fantasiert habe: Dieser Mann spielt wieder eine Rolle in meinem Leben.«

Den hoffnungsvollen Gesichtsausdruck meines Bruders lese ich als ›aber das ist doch gut‹. Und ja, es wäre wundervoll, mit beiden Beinen in die Gelegenheit zu springen, die sich so unerwartet aufgetan hat. Aber … Ich versuche, Worte für die Gedanken zu finden, die mich davor zurückhalten, mich aus vollem Herzen für Finn und die Chance auf eine gemeinsame Zukunft zu entscheiden.

»Aber ich bin inzwischen an einem Punkt, wo ich weiß, dass ich für eine ganze Weile die Hauptrolle in meinem Leben spielen will. Ich will nicht mehr länger die Bedürfnisse anderer über meine eigenen stellen. Nicht dauerhaft zumindest. Mit Finn jetzt eine Beziehung einzugehen, würde aber dafür sorgen, dass wieder ich es bin, die ihre Pläne anpasst. Vielleicht ist es also eher ein Solostück, in dem ich für die nächste Zeit auftrete.« Ich ziehe eine Grimasse. »Das klingt furchtbar egoistisch, oder?«

»Unsinn!«, verkündet mein Bruder mit einer unerwarteten Vehemenz. »Ich halte es für fatal, wenn man in seinem eigenen Leben über lange Phasen hinweg nicht die Hauptrolle spielt.« Er sieht mir fest in die Augen. »Im Englischen heißen die Darsteller einer Nebenrolle ›supporting actor‹ oder ›supporting actress‹. Also *unterstützende* Schauspieler. Genau diesen Part hast du in den letzten vier Jahren übernommen. Oder – wenn wir ehrlich sind – schon deutlich früher. Seit Mama weg ist, hat sich dein Leben eher um Papa, mich und das Gut gedreht, als um deine eigenen Bedürfnisse und Wünsche. Es ist an der Zeit, dass du wieder zur Hauptfigur wirst.«

Ich schüttle den Kopf über meinen kleinen Bruder. »Wann genau bist du denn so weise geworden?«

Der zwinkert mir nur zu und stupst mit seiner Schulter an meine. »Also, Schwesterherz, wie soll dein Leben aussehen?«

»Wenn ich das nur so genau wüsste. Mein Bauch, mein Herz und mein Verstand geben seit Tagen nur Kauderwelsch von sich.« Ich nehme einen Schluck aus meiner Wasserflasche. »Aber es gibt eines, bei dem ich mir absolut sicher bin.«

»Ja?«

»Ich werde nicht in zehn Tagen nach Japan fliegen, ohne Finn noch einmal gesehen zu haben. Diesmal brauchen wir beide Gewissheit, egal, ob die Entscheidung für oder gegen uns ausfällt.« Nachdenklich schraube ich die Flasche zu. »Vielleicht muss ich es einfach als schlechtes Timing sehen und das mit Finn und mir soll nicht sein. Zumindest nicht im Moment.« Ich sehe zu Florian. »Wer weiß, vielleicht stehen die Sterne ja irgendwann in der Zukunft besser für uns.«

»Vielleicht musst du aber auch gerade jetzt mutig sein und die Gelegenheit beim Schopf packen. Nicht, dass das Schicksal beleidigt ist und euch keine dritte Chance mehr serviert.« Trotz der Hitze legt er seinen Arm um mich. »Wenn der Kerl dich auch nur ansatzweise verdient, wird er einen Teufel tun, dir die Hauptrolle in deinem eigenen Leben abspenstig zu machen. Er wird dich vielmehr darin unterstützen, einen verdammten Oscar zu gewinnen.«

# Kapitel 18

♡

Diesmal ist es keine volle Blase, die bei mir für unangenehme körperliche Reaktionen sorgt. Meine Hände sind feucht, meine Atmung klingt, als hätte ich gerade einen Marathon beendet, und auch mein Herzschlag befindet sich im Ausnahmezustand.

Mit leicht zitternden Knien steige ich auf dem Hotelparkplatz in List aus dem Auto. Meine Beinmuskulatur verwandelt sich augenblicklich in weich gekochte Spaghetti – zumindest fühlt es sich so an. Ein wenig wackelig trete ich den Gang in die Lobby an.

Hinter der Rezeption begrüßt mich die Mitarbeiterin, vor der ich bei meiner ersten Ankunft den Run zu den Toiletten absolviert habe. »Frau Krämer! Wie schön, Sie wiederzusehen.« Sie tippt etwas in den Rechner, kurz darauf ziehen sich ihre Augenbrauen zusammen. »Ich kann leider keine Reservierung für Sie finden.« Ihr Tippen wird hektischer.

»Das ist richtig«, beruhige ich sie. »Leider komme ich nicht zu einem weiteren Aufenthalt zu Ihnen. Ich bin auf der Suche nach Finn Friedrichsen. Wissen Sie, ob er momentan Dienst hat?«

»Finn?« Sie wirft einen Blick auf ihre Armbanduhr. »Ja, der ist heute für die Tagschicht eingeteilt. Unsere Bar hat noch nicht geöffnet, aber es kann sein, dass er dort schon mit den Vorbereitungen beschäftigt ist.« Sie zeigt in Richtung Restaurant- und Barbereich. »Gehen Sie ruhig durch, Sie kennen ja den Weg.«

Meine Spaghetti-Beine fühlen sich immer weicher an. In kleinen Schritten bewege ich mich auf die Hotelbar zu. *Tief durchatmen, Charlie, du schaffst das.* Bisher ist mein Plan aufgegangen. Finn arbeitet heute. Er hat die Tagschicht und ich bin früh dran, in der Hoffnung, ihn ohne Gäste zu erwischen. 10.52 Uhr zeigt mein Handydisplay.

Direkt vor dem breiten Durchgang zur Bar verharre ich und lausche nach Geräuschen. Leider kann ich nur das Klappern und Stühlerücken aus dem Frühstückssaal ausmachen. Dort haben die Angestellten bestimmt gerade mit dem Abräumen des Buffets und dem Herrichten der Tische begonnen.

Mein Magen fühlt sich an, als würde ihn eine Küchenmaschine durchkneten, und meine Brust wird von unsichtbaren Seilen eingeschnürt. Flach atme ich durch die Nase ein und aus. Jetzt bloß nicht schwach werden. Ich bin so weit gefahren, um Finn in seinem Heimathafen gegenüberzutreten.

Jahrelang war er in der Welt unterwegs und hat sich ganz bewusst dafür entschieden, nach Sylt – auf *seine* Insel – zurückzukehren. Zurück zu seiner Familie, zu Freunden aus der Kindheit, zum steten Wechsel der Gezeiten. Hier hat er nicht nur einen Job, den er sehr liebt, sondern auch viele Menschen, die ihn lieben. Wie kann ich ihm da ernsthaft vorschlagen, das alles aufzugeben? Für eine ungewisse Zukunft? Eine Zukunft mit mir? Die Antwort: Ich kann es nicht. Ich bin nicht hier, um Finn davon zu überzeugen, zu mir an die Mosel zu kommen. Ich bin hier, um uns das zu geben, was wir vor vier Jahren nicht hatten – einen Abschluss. Eine Möglichkeit für uns beide, unserer Wege zu gehen, ohne die nagende Ungewissheit eines ›Was wäre, wenn …‹ im Nacken.

Jetzt muss ich nur noch den Mut finden, die letzten paar Meter zurückzulegen. Mit einem tiefen Atemzug mache ich einen entschlossenen Schritt auf den Tresen zu. Wie bei unserem ersten Aufeinandertreffen in diesem Raum ist Finn auch heute dabei, einige seiner Tricks zu üben.

»Guten Morgen«, sage ich mit leiser Stimme.

Er wirbelt herum. Fast entgleitet ihm eine Flasche. In letzter Sekunde bekommt er sie zu fassen. Mit einem verletzten Ausdruck in den Augen starrt er mich an.

Ihm so gegenüberzustehen ist viel schwieriger, als ich es mir ausgemalt habe. Mit einem Mal ist mein Mund staubtrocken. Ich schlucke schwer. Meine Kehle fühlt sich an wie zugeschnürt.

»Ich bin gekommen, um dir etwas zu sagen«, krächze ich.

Finn stellt die Flasche ab. »Bin ganz Ohr«, sagt er und verschränkt die Arme vor seiner Brust.

»Ich spüre, dass da etwas ist, zwischen uns. Vielleicht sogar etwas Großes. Und ich weiß, dass du das auch fühlst«, rattere ich meinen einstudierten Text herunter. »Aber ich bin gerade nicht in der Lage, schon wieder mein Leben umzukrempeln. Mich komplett auf jemand anderen einzustellen. In den Norden zu ziehen. So sehr es mir hier auch gefällt. Ich will nicht an einen Ort gebunden sein, wo ich mein Geschäft nicht so aufziehen kann, wie ich es gerne möchte. Und ich kann auch von dir nicht verlangen, dein Leben auf links zu drehen. Ich will nicht, dass wir uns in einem Jahr umsehen und feststellen, dass wir in einem Leben voller Kompromisse feststecken, das keiner von uns so gewollt hat. Manchmal ist es eben einfach schlechtes Timing.« Vom schnellen Sprechen ein wenig aus der Puste, mache ich eine Pause.

»Schlechtes Timing«, wiederholt Finn kopfschüttelnd. »Charlie, manchmal habe ich den Eindruck, du machst es dir selbst unnötig schwer. Natürlich könnte …«

Hinter mir höre ich die Stimmen mehrerer Personen und drehe meinen Kopf. Finn hat aufgehört zu sprechen, als drei adrett gekleidete Paare um die fünfzig den Barbereich betreten haben. Lautstark rücken sie die Sessel einer der Sitzgruppen zurecht, damit sie noch einen weiteren kleinen Tisch und zwei Sessel hinzustellen können.

Einer der Männer aus der Gruppe kommt auf den Tresen zu.

Finn begrüßt ihn mit: »Moin, Herr Schmutter, wie geht es Ihnen heute? Hat Ihnen die Wattwanderung gestern Spaß gemacht?«

»Das war vielleicht eine Gaudi!« Der Mann winkt hinüber zu der Sitzgruppe, wo inzwischen die restliche Truppe Platz genommen hat. »Heike«, ruft er. »Ich erzähle Finn gerade von unserer Tour gestern. Das war doch eine prima Sache, oder?«

Als auch seine Frau zu Finn an die Bar kommt, nutze ich das als Gelegenheit, um mich zurückzuziehen.

Mit zusammengepressten Lippen und Augen, die ganz klar sagen, ›das kann nicht dein Ernst sein‹, verfolgt Finn meinen feigen Abgang. Wäre Sergio hier, würde er von ihm bestimmt die Anweisung erhalten, mich festzubinden. Aber Sergio ist nicht hier und Finn will vor den Stammgästen keine Szene machen. Also gehe ich langsam rückwärts bis zum Durchgang, der die Bar von der Lobby trennt, hebe kraftlos meine Hand zu einem Abschiedsgruß und verschwinde aus Finns Leben.

Auf dem Parkplatz versuche ich durchzuatmen, aber meine Lunge ist noch immer wie zugeschnürt. Mein Herz schlägt mir sprichwörtlich bis zum Hals. Ich habe genau das erledigt, weswegen ich hergekommen bin. Sollte ich mich jetzt nicht besser fühlen?

Mit zitternden Fingern drücke ich den Knopf am Autoschlüssel, um meinen Wagen zu entriegeln. Immer wieder drehe ich mich zum Eingang um, auf diesen letzten Metern bis zum Auto. Finn taucht dort nicht auf. Was gut ist. Schließlich wollte ich für uns beide die richtige Entscheidung treffen.

Erschöpft, als hätte ich gerade einen Sprint in Bestzeit absolviert, lasse ich mich auf den Fahrersitz sinken und schließe die Tür. In meinem Kopf hat sich eine Nebelwolke aus widersprüchlichen Gedanken gebildet. Ich atme langsam aus und lehne meinen Kopf an die Nackenstütze.

In meiner Handtasche, die ich im Fußraum des Beifahrersitzes abgestellt habe, meldet sich mein Handy. Vielleicht ist es Finn? Schnell zerre ich die Tasche hervor und durchwühle sie nach meinem Smartphone. Leider ist es nicht Finns Name, der auf dem Display angezeigt wird.

»Hallo Sinje«, sage ich matt.

»Moin Charlie«, höre ich eine Sekunde später Sinjes Stimme, die etwas höher klingt als normalerweise. »Ich könnte deine Hilfe brauchen. Hast du Zeit, eine Idee mit mir durchzusprechen?«

»Natürlich habe ich Zeit für dich.« Geräuschvoll atme ich aus. »Ich bin sogar auf der Insel.«

»Du bist auf Sylt?« Sinjes Tonlage hat sich in ein Kieksen verwandelt. »Was für ein Zufall!«

»Diesmal nur kurz. Aber eine gute halbe Stunde habe ich noch, bevor ich zum Autozug muss, wir können also gern telefonieren.«

»Ähm, ja, also … Wäre es möglich, dass du bei mir vorbeikommst? Dann kann ich dir zeigen, um was es geht. Du würdest mir mit deinem Know-how wirklich sehr helfen. Könntest du vielleicht einen Zug später fahren?«

Ich zögere.

»Wenn ich ganz lieb Bitte sage?«

»Gib mir zwanzig Minuten.«

***

»Super, dass du da bist! Komm mit!« Sinje schiebt mich vor sich her in ihre riesige Profiküche.

Aufgereiht auf den Arbeitsflächen stehen unzählige Weckgläser in unterschiedlichen Größen, hübsch gestaltete Kartons und allerhand weiteres Verpackungsmaterial.

Ich lasse meinen Blick durch den Raum schweifen. »Sieht aus, als hättest du Großes vor.«

»Aus reiner Verzweiflung«, sagt sie und grinst dabei, als hätte ich ihr eine Friesentorte überreicht.

»Hm, so verzweifelt wirkst du gar nicht.«

»Das liegt an meinem inselweit bekannten Talent, aus dem größten Misthaufen eine wohlduftende Angelegenheit zu machen.«

»Aha. Und was war der Misthaufen in diesem Fall?«

»Die Liebe.«

Ich bin mir sicher, mich verhört zu haben. »Sagtest du die Liebe?«

»Jep.« Inzwischen hat sich ihr Grinsen in einem Maße verbreitert, als hätte ich die imaginäre Friesentorte extradick mit Pflaumenmus bestrichen.

»Ein Misthaufen namens Liebe?«

»Kann man so sagen.« Sie zwinkert mir zu. »Leg deine Stirn lieber nicht so doll in Sorgenfalten, Charlie, sonst richten die es sich dort noch häuslich ein.«

Nach diesem Kommentar versuche ich sofort, meine Stirnmuskulatur zu entspannen. Sogar ein kleines Lächeln schleicht sich auf meine Lippen, obwohl mir so gar nicht danach ist. Aber Sinjes fröhliche Art ist einfach ansteckend. »Dann erzähl mir mal von deinem Misthaufen«, fordere ich sie auf.

»Ich bin mir nicht sicher, ob du weißt, dass ich *Inselliebe Catering* nicht allein betreibe?«

»Nein, das wusste ich tatsächlich nicht.«

Sinje beginnt damit, Versandkartons zusammenzubauen, und spricht weiter. »Wibke, meine Geschäftspartnerin, war im Urlaub in Portugal und hat sich dort in ihren Surflehrer verliebt. Seit zwei Monaten hat sie ihre Auszeit immer wieder verlängert, nur um mir vor ein paar Tagen mitzuteilen, dass sie beschlossen hat, ihr Glück im Süden zu suchen.«

»Okay, das klingt echt nach einem Misthaufen.« Für ein paar Sekunden bin ich froh, alleine zu arbeiten.

»Das allein wäre schon nicht so schön, aber leider wird der Misthaufen noch ein bisschen größer.« Sinje stapelt ihren gerade zusammengebauten Karton auf die anderen und stützt beide Hände auf der Arbeitsplatte ab. »Sie will, dass ich ihr entweder ihre Anteile an der Firma abkaufe oder jemand anderen zum Partner nehme, der die Anteile übernimmt. Ihr neues Leben in Portugal muss schließlich irgendwie finanziert werden.«

»Nachvollziehbar«, sage ich, »aber trotzdem heftig. Wie schnell soll das denn über die Bühne gehen?«

»Noch vor Jahresende.«

»Ich will nicht indiskret sein, aber hast du denn das Geld, um sie auszuzahlen?«

Sinje wackelt mit dem Kopf. »Jein. Unsere Firma hat seit der Gründung stetig Gewinne gemacht. Wenn wir die unter uns aufteilen, dann könnte ich mit meinem Anteil daran ihre Hälfte des Geschäfts übernehmen. Aber …« Sie zieht eine Grimasse. »… eigentlich war unser schönes

Polster dafür gedacht, uns über die ruhigen Wintermonate zu bringen. In den kalten Monaten wird auf Sylt nämlich nicht mehr so viel gefeiert. Also muss schnell eine Idee her, wie ich zusätzliches Geld verdienen und damit verhindern kann, den Laden dichtmachen zu müssen. Denn mal ganz unter uns: Auf einen neuen Partner habe ich gerade nicht so viel Lust.«

»Das verstehe ich.« Nachdem ich bei Sinje nun ein paarmal beobachtet habe, wie man die mit den Umrissen der Insel und dem Logo von *Inselliebe Catering* bedruckten Kartons zusammenfaltet, beginne ich ebenfalls damit, welche zur Hand zu nehmen. »Wenn ich mir das hier so anschaue, würde ich wetten, du hast schon eine Idee.«

»Oui, chérie«, jubiliert sie. »Nachdem ich mich vom ersten Schock erholt hatte, kam mir tatsächlich ein Geistesblitz.« Mit ausgebreiteten Armen dreht sie sich um ihre eigene Achse. »Tadaa! Was du hier vor dir siehst, sind die neuen *Inselliebe Genussboxen*.«

Während Sinje ihr Konzept erklärt, schweifen meine Gedanken unentwegt ab. Ähnlich wie Sinjes Geschäftspartnerin habe auch ich Finn vor vollendete Tatsachen gestellt. Vielleicht sollte ich nochmals zurückfahren und auch ihn zu Wort kommen lassen?

»… Das können wir also über die Wintermonate anbieten«, dringt Sinjes Stimme wieder in mein Bewusstsein. »Und, wenn wir es geschickt anstellen, nicht nur dann. Die Genussboxen sind individuell zusammenstellbare Gerichte, für die *Inselliebe Catering* bekannt ist. Natürlich ist nicht jedes Gericht dazu geeignet, eingeweckt und quer durch Deutschland versendet zu werden, aber ich habe schon mindestens acht in der Auswahl, bei denen das klappt. Dazu – und da kommst du ins Spiel – würde ich gerne Weine anbieten, die sich die Kunden entlang deiner Empfehlungen zu den Gerichten direkt mitbestellen können.« Sinje sieht mich erwartungsvoll an. »Also, was sagst du?«

Ihr Enthusiasmus ist einfach ansteckend. Ich sehe in Sinjes strahlendes Gesicht und lasse meinen Bauch entscheiden. »Das ist eine geniale Idee! Ich unterstütze dich sehr gerne dabei.«

Als ich wieder im Auto sitze, schimpfe ich stumm mit mir selbst. Nicht wegen der Entscheidung, Sinje zu helfen, sondern wegen der Entscheidung, ihr meine Idee nicht mitzuteilen. Während ihrer Ausführungen hatte ich nämlich den Gedanken, dass Finn Cocktails kreieren könnte, die besonders gut als Aperitif zu bestimmten Gerichten oder Menüfolgen passen. Auch seine Cocktails mit direktem Bezug zur Insel – wie zum Beispiel der ›Sylter Sunset‹ – könnten als Bestelloption angeboten werden. Entweder schon fertig gemixt mit geringer Haltbarkeit oder als Paket zum Selbermischen.

Aber genauso wenig wie ich Sinje diesen Vorschlag gemacht habe, werde ich ebenso wenig nochmals bei Finn im Hotel vorbeifahren. Ganz einfach, weil ich mir selbst nicht traue. Nochmals mit Finn konfrontiert zu werden, würde höchstwahrscheinlich dazu führen, dass ich meine Grundsätze über Bord werfe und wieder einmal auf die Hauptrolle in meinem eigenen Leben verzichte.

# Kapitel 19

Lässig an eine Absperrung in Richtung Gleise gelehnt, steht ein Mann, der ein großes Pappschild hält. Bernkastel-Kues steht darauf. Vor den Füßen des Mannes liegt ein Seesack. Noch bevor er die Sonnenbrille abnimmt, weiß ich, dass es Finn ist. Mein Wagen kommt in der Autoschlange vor der Verladestation stotternd zum Stehen.

Finn tritt an die Beifahrerseite und bedeutet mir, das Fenster herunterzulassen. Ungläubig schüttle ich mit dem Kopf, folge aber seiner Aufforderung.

»Finn, was tust du denn hier?«

Schmunzelnd lehnt er sich in mein Beifahrerfenster. »Ich habe keine Ahnung, wieso du wieder einmal den Eindruck hattest, unser Gespräch sei beendet. Daran müssen wir unbedingt arbeiten.«

Sein Geruch steigt mir in die Nase und ich muss mich wirklich zusammenreißen, ihn nicht einfach ins Auto zu zerren und ihn dazu zu zwingen, mit mir ein neues Leben an der Mosel zu beginnen. Irgendwie schaffe ich es, standhaft zu bleiben. »Das abermals durchzukauen macht es nur schwerer für uns. Das Timing passt einfach nicht. Dem kannst du doch zustimmen, oder?«

»Ich pfeife auf unser schlechtes Timing.« Das Schmunzeln ist jetzt aus seinem Gesicht verschwunden.

Die Autos vor mir werden weitergewinkt. Nervös sehe ich mich nach den anderen Fahrern um. »Finn, wir halten hier den kompletten Verkehr auf.«

»Das ist mir egal.« Seine Augen funkeln verärgert. Er lehnt sich noch ein Stück weiter zu mir in den Wagen. »Nichts von dem, was du vorhin in den Raum gestellt hast, erwarte ich von dir. Und ich glaube dir, dass du auch von mir nicht erwartest, mein komplettes Leben für dich umzukrempeln. Aber du bist schon einmal aus meinem Leben verschwunden und das lasse ich nicht ein weiteres Mal zu. In den letzten vier Jahren habe ich mir unzählige Male den Vorwurf gemacht, dir damals nicht gesagt zu haben, was ich für dich empfinde. Wie wichtig du mir warst. Dass ich mir eine Zukunft mit dir hätte vorstellen wollen – und es auch getan habe. Ich habe mich dafür verflucht, alles locker genommen und nur im Moment gelebt zu haben. Wäre ich in den letzten vier Jahren körperlich dazu in der Lage gewesen, mir in den Arsch zu beißen, hätte ich es ganz sicher getan.«

Der Abstand zu den Autos vor mir wird immer größer. In einiger Entfernung schwenkt ein Einweiser seine Kelle und deutet auf meinen Wagen. Finn bleibt von alldem völlig unbeeindruckt.

»Als du dich nicht mehr bei mir gemeldet hast, dachte ich, dass du davon ausgegangen bist, dass das mit uns nichts Ernstes war. Eine lose Affäre, eine Menge Spaß. Das wird mir jetzt nicht wieder passieren. Also hör mir gut zu.« Er holt tief Luft. »Du bist stark, schlau, sexy und allgemein ziemlich großartig. Ich will mit dir zusammen sein und dafür bin ich bereit, einiges zu tun. Außer, du sagst mir hier und jetzt, dass du nichts für mich empfindest und nicht die geringste Lust dazu hast, herauszufinden, wohin das mit uns beiden führen kann.«

Hinter uns hupt es.

»Das kann ich dir nicht sagen.«

Für einen Augenblick sieht mich Finn verwirrt an. Dann versteht er. Das Schmunzeln schleicht sich wieder in sein Gesicht.

Ich deute auf sein Schild. »Wenn ich gemein wäre, würde ich dir jetzt sagen, dass ich gar nicht nach Bernkastel-Kues fahre.«

»Aber du bist nicht gemein und nimmst mich trotzdem mit?«

Wiederholt drückt hinter uns jemand auf die Hupe.

»Finn?«

»Ja?«

»Steig ein.«

Finn wirft seinen Seesack auf die Rückbank und lässt sich anschließend auf den Beifahrersitz fallen.

Ich winke dem ungeduldigen Fahrer besänftigend zu und gebe Gas. Nach wenigen Metern rollen wir erneut im Schritttempo dem wartenden Autozug entgegen. Es ruckelt kräftig, als ich den Wagen auf die obere Ebene des Waggons lenke. Sobald ich unsere vorgeschriebene Position erreicht habe, ziehe ich die Handbremse an und stelle den Motor aus.

»Moment mal, hast du das ernst gemeint?« Finn schaut mich alarmiert an.

»Was denn?«

»Dass du nicht nach Bernkastel-Kues fährst.«

»Ja.«

»Aber bei meiner Internetrecherche bin ich auf deine Adresse in Bernkastel-Kues gestoßen.«

»Dort sind mein Lager und meine Geschäftsanschrift. Ich wohne in einem kleinen Moseldorf ein paar Kilometer weiter.« Nachdenklich kaue ich an meiner Unterlippe. »Ist mein Wohnort wirklich das, worüber wir gerade sprechen sollten?«

»Nein, du hast recht. Es gibt nur eines, das wichtig ist.« Finn dreht sich in seinem Sitz, sodass sein Oberkörper mir komplett zugewandt ist. »Sag mir, was du willst, Charlie.«

Ich stoße die Luft aus und schließe meine Augen. »Ich will dich.«

Mit einer Art Knurren lehnt er sich über die Mittelkonsole. Die Finger seiner Hand schieben sich in meine Haare und umfassen zärtlich meinen Hinterkopf. Automatisch komme ich seinem Gesicht näher. Meine Lippen sind nur noch wenige Zentimeter von seinen entfernt. »Du hast mich doch längst«, flüstert Finn, bevor sein Mund auf meinen trifft.

Der Zug fährt los und ein Ruck geht durch den Wagen. Lachend lehnen wir uns zurück.

Der Kuss war überwältigend und er schreit nach so viel mehr. Aber wo wir jetzt hier sitzen, schleichen sich meine Bedenken Millimeter um Millimeter in den Vordergrund.

»Ich will eine realistische Chance auf ein *uns.*« Und die sehe ich gerade nicht, ergänze ich in Gedanken.

»Dann gib sie uns.«

Der Zug rattert über den Hindenburgdamm. Links und rechts von uns erstreckt sich das Wattenmeer. Ich beobachte den Flug einer Möwe und bin ein wenig neidisch. Sie kann einfach hinfliegen, wo sie will. »Du tust so, als sei das ganz simpel.«

»Und du tust so, als würde dir jemand vorschreiben, dich zwischen deiner Karriere und mir entscheiden zu müssen. Wenn du mir denjenigen zeigst, der versucht, dir diese Vorschriften zu machen, trete ich ihm in den Hintern.«

»Ihr.« Ich zeige auf mich.

»Okay, dir trete ich nicht in den Hintern. Aber ich leg dich vielleicht übers Knie.«

Grinsend schüttle ich den Kopf. »Du bist unglaublich.«

»Unglaublich charmant, schlau und gut aussehend?«

Das lässt mich laut auflachen. »Ja, das auch. Außerdem frech, hartnäckig und sehr überzeugend.«

Plötzlich wird Finn wieder ernst. »Willst du herausfinden, was aus uns beiden wird, wenn wir uns ganz bewusst füreinander entscheiden – trotz aller Herausforderungen –, oder möchtest du dich in fünf, zehn oder zwanzig Jahren immer noch fragen, ob du an diesem Tag auf Sylt eine wirklich, wirklich schlechte Entscheidung getroffen hast?«

Ich blinzle zu Finn hinüber. »Du bist dir darüber im Klaren, dass dieses Sylt-Mosel-Tokio-Ding, das uns da bevorsteht, nicht einfach wird?«

»Es wird vielleicht nicht einfach, aber ich glaube, dass wir Probleme in unserem Kopf manchmal größer machen, als sie eigentlich sind. Deshalb schlage ich vor, dass wir gemeinsam etwas austüfteln, das für uns beide passt.« Finn legt seine Hand an meine Wange und dreht mein Gesicht so, dass ich ihm in die Augen sehe. »Und genau dafür haben wir jetzt 850 Kilometer lang Zeit.«

# Epilog

♡

*Acht Monate später.*

Wo hast du denn den Daiginjo gelagert, den wir gestern verkostet haben?« Finns Stimme dringt aus dem Untergeschoss zu mir.

»Hey! Finger weg von meinen Sake-Vorräten«, rufe ich lachend und mache mich sofort auf in den Keller. Dort steht Finn zwischen geöffneten Kisten in meinem Lagerraum und hält natürlich die teuerste Flasche meines Bestands in der Hand.

»Vorsicht. Die kostet 150 Euro. Wenn du die fallen lässt, muss ich dich leider übers Knie legen.«

»Ich denke, das könnte mir gefallen.« Mit einem anzüglichen Grinsen im Gesicht bewegt er sein Handgelenk und tut so, als würde ihm die Flasche aus der Hand gleiten.

Nach acht Monaten, in denen wir uns zwar nicht täglich gesehen haben, aber zumindest Nachrichten austauschen konnten, hätte mir klar sein müssen, dass er bei einer solchen Vorlage nicht widerstehen kann.

Außerdem habe ich inzwischen ausgiebig mit seiner Experimentierfreude und Spontanität Bekanntschaft gemacht. Von daher gibt es leider keine Garantie dafür, dass er meinen Premium-Sake nicht doch fallen lässt – einfach nur um zu sehen, ob ich ihm wirklich den Hintern versohle. Eines hat sich nämlich bewahrheitet: Mit Finn Friedrichsen wird es nicht langweilig.

Am vorletzten Tag meiner Ausbildung zur Sake-Sommelière tauchte er plötzlich in Tokio auf und nach meinem Abschluss ließen wir uns eine Woche lang durch die Stadt treiben. Von der Sake-Bar mit der größten Auswahl zum Ramen-Restaurant mit Michelin-Stern, von der Shibuya-Kreuzung zum Skytree, von Schrein zu Tempel.

Zurück im Alltag in Deutschland wurde mir mit jedem Tag klarer, dass ich mir in der Vergangenheit oft selbst im Weg gestanden hatte. Viel zu häufig habe ich in meinem Kopf Hindernisse gebaut, anstatt die Dinge auf mich zukommen zu lassen. Einfach mal etwas ausprobieren und sehen, wie es funktioniert. Manchmal malen wir uns eine komplizierte Situation aus, dabei ist die Lösung ganz einfach – wir sehen sie nur nicht.

Während ich abwäge und darüber nachgrüble, wie ich imaginäre Stolperfallen umgehen kann, springt Finn Kopf voraus in neue Gewässer. So stand er zum Beispiel einen Tag vor Silvester plötzlich mit Sack und Pack vor meiner Tür. »Ich möchte das neue Jahr nicht ohne dich beginnen«, waren seine Worte. Ein verschmitztes Lächeln im Gesicht und einen sehnsüchtigen Ausdruck in den Augen. Wie hätte ich da widerstehen können?

Seither stellt er nicht nur mein Leben auf den Kopf, er hat auch seines umgekrempelt. Finn hat seinen Job bei Christian gekündigt, dem Hotel aber nicht komplett den Rücken gekehrt. Statt als Barchef individuelle Cocktails zu kreieren, bringt er nun Gästen in Workshops bei, wie sie selbst ihre Lieblingsdrinks mixen und bei privaten Feiern mit einigen Moves am Shaker beeindrucken können.

Dies bietet er nicht nur in Christians Haus an, sondern in etlichen weiteren Hotelbars zwischen Sylt und München.

Hin und wieder schaffen wir es sogar, unsere jeweiligen Aufträge so zu koordinieren, dass wir für einige Tage in der gleichen Stadt tätig sind. Dann schlendern wir durch die Straßen, entdecken tolle Restaurants und machen Ausflüge ins Umland – wie damals während der Zeit auf dem Kreuzfahrtschiff.

Diesen Sommer über werden wir uns in Finns alter Wohnung im Haus seiner Eltern einquartieren. Denn gemeinsam mit Sinje haben wir nicht nur die optimale Weinbegleitung für ihre Genussboxen gefunden, Finn hat außerdem ein Cocktail-Kit entwickelt, das direkt mitbestellt werden kann. Die Insel-Cocktails kommen so gut an, dass sie auch immer häufiger im Rahmen von Sinjes Cateringaufträgen nachgefragt werden.

Während ich gemeinsam mit Sinje an den neuen Genussboxen für den Winter basteln und Weine auswählen werde, welche die feinen Geschmackskompositionen unterstreichen, wird Finn dafür sorgen, dass ›Sylter Sunset‹ und ›Wattverführung‹ dieses Jahr auf keiner Sylter Sommerparty fehlen.

Apropos Verführung … Ich recke mein Kinn nach oben, setze meinen besten Schlafzimmerblick auf und mache einige Schritte auf Finn zu. Dabei schwinge ich wie ein Model meine Hüften und gehe auf den Fußballen, um meine Beine länger wirken zu lassen. »Du meinst also, ich sollte mich zeitnah nach einem sexy Lackoutfit und einer Peitsche umsehen?« Mein Finger streicht über eine der Sakeflaschen, als wäre es ein knackiger Hintern. Spielerisch verpasse ich der Flasche einen Klaps, dann hebe ich meinen Blick und sehe Finn in die Augen. »Wer weiß, vielleicht könnte *mir* das gefallen?«

Jetzt ist er es, der einen Schritt näher kommt, den edlen Daiginjo noch immer in der Hand. Er sieht von mir zur Flasche und wackelt provokant damit. »Ich bezweifle, dass es mir gefallen würde, mit irgendwelchen Gerätschaften malträtiert zu werden – aber du in Lack und Leder …« Sein Blick gleitet meinen Körper entlang, dann heftet er sich an mein Gesicht. Seine Augen haben sich verdunkelt. »Ja, das hätte schon was.«

Obwohl ich unser kleines Spielchen sexy finde, kann ich mir ein Lachen nicht verkneifen. »Du bist unmöglich.«

»Genau das liebst du doch an mir«, kontert Finn.

Touché. »Damit könntest du recht haben«, gebe ich zu. »Wenn du allerdings dafür sorgst, dass dieser Premium-Sake den Kellerboden verschandelt, anstatt die Gaumen von Christians Gästen zu erfreuen, könnte sich das sehr schnell ändern.« Ich setze eine strenge Miene auf und stemme meine Hände in die Hüften. »Jetzt stell die Flasche zurück.«

Endlich kommt Finn meiner Bitte nach.

»Braver Junge«, versuche ich, in meiner dominanten Rolle zu bleiben. Was mir nicht wirklich gut gelingt, da ich nur mit Mühe ein Kichern unterdrücken kann. Als ich mich kurz abwende, um mein Grinsen vor Finn zu verbergen, fällt mir ein Stück Paketschnur ins Auge, das auf einer der bereits verpackten Kisten liegt. Ich mache einige tänzelnde Schritte darauf zu. »Also Lack und Leder habe ich gerade nicht zu bieten, aber …« Im Vorbeigehen schnappe ich mir die Paketschnur und drehe mich abrupt zu Finn um. »Mit ein wenig Kreativität tut es auch das hier.«

Seine Augen weiten sich. Er verfolgt jede meiner Bewegungen, als ich die Schnur zwischen meinen Händen einige Male auf Spannung bringe und dabei ganz nah vor ihn trete.

Ich lege beide Hände an seine Brust. Mit sanftem Druck gegen seinen Oberkörper bringe ich ihn dazu, sich rückwärts zu bewegen. Finn blinzelt kurz, als wir die Wand erreichen. Mit meinem Körper presse ich ihn dagegen. Ganz langsam fahre ich mit meinen Fingernägeln an seinem linken Arm entlang und sehe dabei zu, wie sich Gänsehaut bildet. Ich schlinge die Paketschnur um sein linkes Handgelenk, dann führe ich den Arm über seinen Kopf.

Wie planlos ich bei meinem Verführungsversuch vorgehe, fällt mir erst auf, als ich seinen zweiten Arm ebenfalls noch oben bringe. Blöderweise sind seine Handgelenke für mich nun außer Reichweite – so werde ich es wohl nicht schaffen, sie aneinanderzubinden.

Blitzschnell nutzt Finn mein Zögern. Plötzlich stehe ich mit dem Rücken zur Wand – und das im besten Sinne. Quälend langsam schiebt er einen Träger meines Tops über meine Schulter und küsst die freigelegte Stelle.

Ich kann mir nicht verkneifen, ihn ein wenig zu ärgern. »Wir müssen langsam los«, sage ich deshalb.

An meinem Hals stöhnt Finn kurz auf. »Es wird so oder so spät, bis wir die Insel erreichen. Auf fünfzehn Minuten länger kommt es also nicht an.«

»Fünfzehn Minuten? Sagst du nicht immer, du seist ein Genussmensch – in sämtlichen Lebenslagen?«, necke ich ihn.

Eine Dreiviertelstunde später sitzen wir beide mit immer noch leicht erhöhtem Puls im Auto. Finn lächelt mich zufrieden an und streicht mir meine Haare hinters Ohr.

Ich lehne mich in die Wärme seiner Handfläche und schließe für einen Moment die Augen.

»Bist du bereit für deinen ersten Sommer auf Sylt?«, fragt er, als ich sie wieder öffne.

»Zusammen mit dir? Immer!« Ich drücke Finn einen Kuss auf die Wange und starte den Motor.

# Danksagung

♡

Liebe Leserin, lieber Leser,

ich bin aus tiefstem Herzen dankbar dafür, dass …

… du bis zu dieser Stelle gelesen hast und hoffentlich mit der Geschichte von Charlie und Finn eine schöne (gedankliche) Auszeit auf Sylt verbringen konntest.

… die Watt-Reihe und ihre Figuren bereits bei so vielen Leserinnen und Lesern für gute Laune sorgen durften.

… es im kommenden Jahr eine weitere Portion Syltflair in Buchform geben wird.

… ich mit Katja, Silvia, Barbara und Nicole testlesende Freundinnen (und eine Mama) habe, die sich mit ihrem Herzblut und ihrem schier unerschöpflichen Wissen – dieses Mal zu den Themen Wein, Gastronomie und Hotellerie – einbringen, um meine Geschichten noch besser zu machen.

… meine Lektorin Jeanine Ziebarth wieder einmal unermüdlich auf Fehlersuche gegangen ist.

… meine Watt-Reihe beim Kampenwand Verlag eine wunderbare Taschenbuch-Heimat gefunden hat.

Ich hoffe, wir lesen uns bald wieder!

Herzlichst
*Malu*

# Malu Mertins

Die Autorin romantischer Komödien liebt das Meer, ihre Wahlheimat München und gute Geschichten – von denen sie sich seit ihrer Kindheit auch selbst welche ausdenkt. Als ihr während der Corona-Zeit irgendwann die Book-Boyfriends ausgingen, erweckte sie kurzerhand in eigenen Liebesromanen welche zum Leben. Nach den ersten Bänden der Watt-Reihe und einem Ausflug ins herbstliche Vermont, arbeitet Malu Mertins an einer Fortsetzung der Reihe und weiteren humorvollen Liebesgeschichten, die an Lieblingsorten der Autorin spielen.

# Dir hat das Buch gefallen?

Falls du eine gute Zeit mit meiner romantischen Komödie hattest, freue ich mich sehr, wenn du auch andere davon wissen lässt. Hinterlasse mir eine Bewertung auf einer Plattform deiner Wahl, verteile Sterne und erzähle gern auch deiner besten Freundin von Wattverführt. Ich danke dir dafür!

Es ist nicht nur sehr schön, Meinungen zu meinem Buch zu lesen. Außerdem hilft es mir auch dabei, weitere Geschichten zu schreiben und neue Leser für meine Bücher zu finden.

KAMPENWAND
VERLAG

Die Bücher der Watt-Reihe können unabhängig voneinander gelesen werden, sind jedoch über wiederkehrende Figuren miteinander verbunden.

**Wattverzaubert**

*Band 4 der Watt-Reihe erscheint 2023.*

**Band 1**

# Die Watt-Reihe

www.kampenwand-verlag.de

**Band 2**

**Band 3**

ES KÖNNTE
stürmisch
WERDEN
LIEBESROMAN
MAJA OVERBECK
Bild BEST SELLER
KAWA